主婦 悦子さんの予期せぬ日々

久田 恵

潮文庫

目次

装画　丹下京子
装丁　松岡史恵（ニジソラ）

第一章　波乱のきざしか

家に戻って時計を見ると、夕方の六時を回っていた。

悦子《えつこ》は、キッチンに飛び込んで、素早く炊飯器のスイッチを入れてから、二階への階段を駆け上がった。

途中、テツヤの部屋の前で、ふっと立ち止まった。

中をうかがってみると、まだ、帰宅していない様子だった。大学を出たものの、就職ができないままアルバイトを続けているパラサイト息子だ。彼は時々、とんでもない時間に家で寝ていたりする。それで、起きたと思うと、ふらっと出掛けてその晩は帰らないとか……。もう成人しているのだから、気にしない、気にしない、と思いつつも、気にしてしまう自分にうんざりする。

今春、夫が定年になる。夫婦二人きりになるのもなあ、とは思うが、就職しない息子を抱え込んだ日々は、もっとうんざりだ。勘弁《かんべん》してほしい、とこぼれ出そうになる言葉を呑み込み、悦子は素早く着替えを済ませてキッチンに戻った。急ぎ、デパ地下で買ってきた煮物の惣菜《そうざい》と刺身を器に移し、味噌汁を作る。五分で完成。「完了。これで、よし」と誰もいないキッチンで声を上げ、思わず肩をすくめた。

新宿のデパートでやっていたパッチワーク展を気晴らしに観に行って、その後、買う気もないのに婦人服売り場をただうろうろしていて、理由もなく遅くなったのだ。

昔は、定時に帰宅することなどなかった夫が、最近は寄り道もせずに帰ってくる。食事の準備ができていないと機嫌《きげん》が悪いのだ。「なんだ、メシはまだか」と小さくつぶやいたりする。ついでに、「テツヤは、どうした?」なんて聞いたりもする。

その度に、ムッとする自分が嫌だなあ、と思う。

その日は、七時きっかりに帰宅した夫は、なぜか上機嫌だった。帰るなり、着替えもせずに冷蔵庫から缶ビールを取り出し、食卓に着くなり、すぐに言わなければ気が済まないという調子で嬉しそうに言った。

「びっくりしたよ、今日、アキがさあ」

悦子は思わず口を挟んだ。

「会社に来たの？」

「お前、なんで、知っているんだ」

「母親の勘かな」

即座に、夫の口調がトーンダウンした。

「そうか、たいした勘だな」

「で、なに？」

「いや、仕事中にね、携帯に連絡が来て、会社の近くに行くから、ランチおごってとか言ってさ、そんなの俺の人生で初めてのことだから、なにごとかと……」

「大げさねえ、で、なんだって？」

「あいつ、子どもを産みたいんだとさ」

いきなり来た。ストレートパンチだ。

悦子の声がうわずった。

「できたんだ！」

「そうは言わなかったが……」

「じゃあ、なんなのよ」

「子ども産んでも働くつもりだから、うちの近くに引っ越そうかなあ、だとさ」

「引っ越す！　そんなの聞いてないわよ」

それには答えず、夫は続けた。

「で、パパやママは助けてくれるか？　だってさ」

「孫の世話のことね」

「一度、ママに言ったら、それは、どうかなあ、って言われたけど、パパはどう思うかってさ」

「あなた、なんて答えたの？」

悦子は気持ちがざわざわしてきた。まず、娘のアキが父親の会社までわざわざ行ったということに愕然《がくぜん》とした。なんて戦略的なんだ、あの子は、と腹が立った。

アキが三年前に結婚すると言い出した時、相手の彼が年下なこと、定職についていないこと、大卒でないこと、などを理由に反対をして、悦子は散々《さんざん》なことを言われたのだ。

今でも、ありありとその声が蘇《よみがえ》る。

「ママの考えって、最低。人を年齢とか職種とか学歴で判断するわけ？　俗物《ぞくぶつ》すぎ。軽蔑《けいべつ》しちゃう。人間としてどうよ」

確かにそうかもしれない。そうかもしれないが、あえてそう言ったのは、結局、結婚相手次第で、女の人生が決まっちゃうことがあるからだ。娘のことはよく分かっている。きれいごとを言っていたって、根性があるわけじゃない。ちゃんとした人生設計があるわけじゃない。

だから、一時的なうわついた感情で結婚を決めたら、失敗する。そう思って、こちらは、覚悟の上で反対したのだ。

彼の両親にも会ったが、付き合いたくないと思った。慇懃無礼《いんぎんぶれい》。とくに母親が苦手なタイプだった。口先で、「素敵なお嬢様とお付き合いさせていただいて。いたらぬ息子でほんとお恥ずかしいです。でも、こういうことは、本人たちに任せ、親が口を出す時代ではありませんし」などと言って、息子を叱咤激励《しったげきれい》してちゃんとさせる気など、まるでない様子なのだ。

とは言いつつ、自分の家の息子も似たり寄ったりだ。

「だったら、テツヤはどうなのよ。ママは、一生、テツヤは結婚させないわけね。相手を幸せにする根性がないってことで」

アキの反論、いや、ほとんどイヤミの攻撃に耐えて、悦子は反対を押し通した。

最後に、アキは叫んだのだ。

「ママの世話になんか、絶対ならない！」

そう、母親を軽蔑し、見返してやる、みたいな勢いだったのだ。

それが今になって、自分に甘い父親を味方につけて、親に寄りかかってなんとかしてもらおうなんて、ちゃっかりしすぎている。

「お前さあ、孫だよ。娘の子どもはとくに可愛いって言うだろう。実家の母親を頼ってくるのは、フツウだろう。フツウ、みんな喜ぶだろう、どんなことでもしてやろうと思うだろう。彼のこと、ヨシオ君のことだって、うちのテツヤの有様を見たら、なんのかんの言えん立場だろうが」

夫はいやに饒舌《じょうぜつ》だ。フツウ、フツウって、世間を味方につけて、妻をなんとか説得しようとしている。いつもは、こちらがなにを言ってもろくに返事もしないくせに、完全に娘に陥落《かんらく》している。アキの目論見《もくろみ》通り、娘がすり寄ってきただけで、狂喜してほとんど有頂天だ。これで、俺たちの老後も安泰《あんたい》だ、なんて甘いことを思っているのかもしれない。

がっくりしつつ、悦子は、もしかして、と思った。引っ越してくると聞いて、このうちを二世帯住宅にして、一緒に住もう、なんてことを夫は言っちゃったのじゃないだろうか？　と。

たちまち、その場面が浮かんできた。

「お前さ、近くに引っ越すなんて、水臭い。ヨシオ君とうちに来ればいいじゃないか」とか。「でもさあ、テツヤがいるし、無理じゃん」とアキが応じ、「テツヤは自立させる、あいつは男だ。家から出さなきゃしょうがないんだ。アキに子どもが生まれたら、パパとママで応援するさ、親なんだから当然さ」なんて鷹揚《おうよう》なところを見せている夫……。

なにもかも手遅れかもしれない。悦子は体中の力が抜ける思いで食事を中断し、静かに箸を置いた。

「それで、あなたは、どう答えたの？」

妻の開き直った低い声に一瞬、たじろいだ夫が答えた。

「だからさ、定年になったら、することがないし、パパが、応援するよって言ったさ」

「そう。だったら、あなたがやるのね。毎朝毎晩、保育園の送り迎えをして、いえ、今は、保育園不足で大変だから、一日中、家で孫の面倒を見るのかもね。でも、あなたがそんなにやりたいのなら、どうぞ」

「どうぞ、ってお前」

「だから、どうぞ。私は、ちょっとそれはね……と思っているから」

「なんだよ、お前」

「お前、お前、ってなによ。だから、私は前から言っていたじゃない。子どもたちが自立したら、いずれこの家を売って、気候のいい千葉の内房《うちぼう》あたりで老後は暮らしたいね、って。そう言う度に、あなたは、分かった、って言ってたわよね。聞いていたのか、いなかったのか存じませんが、私は、そのつもりでいますけど」

「それは、お前、孫がなんとかなってからでいいんじゃないのか」

「なんとかなるっていつよ。小学校の低学年のうちは面倒を見る人が必要なのよ、高学年になるまでとして、十年以上。いえ、それ以上。その時は、もう、遅いの！」

悦子は思わず、声を上げた。

「遅い！　遅い！　遅い！」

夫が定年延期で六十五歳。悦子は六歳下の五十九歳。今年で六十代に突入する。

いきなり、母親の顔が浮かんだ。

ちょうど八十歳の母だ。まだ元気で都内の実家で一人暮らしをしているけれど、さすがに数年したら、そうはいかなくなる。

そう考えたら、悦子は泣きそうになった。

一生懸命に子どもを育ててきた私だ。自分のことなど後回しにしてきた。その間に、義父母を看取った。ついこの間までは、実父の介護のために、なにかにつけ実家通いを続けていた。

息子のテツヤのことや娘のアキのことは、大事だとは思っている。気にかけ心配もしている。でも、もう成人はとうに過ぎて、自分の意志で好きにやっているのだ。私には、もうどうしようもない。ようやく彼らは彼らの人生よね、と割り切ることもできた。そう、ようやくだ。

だから、今がチャンスなのだ。

この機を逃したら、また、想定外のことが起こって、きっとなにもできなくなる。これが終わったら、あれが終わったら、とずるずる引き延ばしていたら、母の介護の後には夫の介護、アキの子どもの面倒が終わったら、テツヤの子ども、なんてことになりかねない。私は家族にしばりつけられたまま、腰のまがったおばあさんになって、人生を終えることになる。

そういえば、と不意に思った。

学生時代の友人の智子《ともこ》が、言っていたのだ。

「家はね、できるだけ早く売っちゃわないと駄目よ。二世帯住宅になんかしたら、もう売ることもできない、子どもにあげたも同然。しかも、兄弟がいたりしたらあとで遺産問題でトラブルのもとにもなるのよ」と。

彼女は、夫の定年と同時に自分も会社を早期退職して、自宅を売却して伊豆のリゾートマンションを購入した。そして、目下《もっか》のんびりと読書三昧の日々を送っている。そのマンションは、将来、自分たち夫婦が老人ホームに入居する時に売却し、退職金などと合わせてホームの一時金や介護費用に充《あ》てるつもりだと言っていた。

「介護だってね、子どもをあてにしちゃ、もう駄目な時代なんだからね」

聞いた時は、手回しがよすぎる、と驚いたが、智子が早すぎるのではなく、こちらが遅すぎたのだ。悦子はがっくりと肩を落とすしかなかった。


その夜、悦子は智子に電話をかけた。

智子は、気兼ねなく電話をかけて愚痴《ぐち》を吐き出してもかまわない友人だ。少なくとも、悦子がそう思っている唯一の相手だ。智子の夫は、都内に小さなマンションを持っていて、定年後、そこで経営コンサルタントのような仕事を始めていた。それで、老後用に購入した伊豆のリゾートマンションに戻ってくるのは、今のところは週末だけだと言っていた。だから、今夜もいつものように長話になるはずだった。

悦子は入浴を済ませ、ベッドサイドのテーブルにワイングラスまで用意し、寝室の電話の子機からダイヤルをした。

ところが、電話は何回かコールした後、留守電に切り替わった。

なんでいないわけ？　こんな時間に！　勢い込んでいた分、落胆が大きかった。なんだかたった一人の友からも見放された気がして、悦子は思春期の娘のように枕に突っ伏した。突っ伏しながら思った。こんなことぐらいで、ジンセイオワリ、みたいな気持ちになっている私。そう、こんなことぐらいで……と。

何度も大げさにため息をつき、やっと我に返ると、悦子は気分を奮《ふる》い立たせるように、あらためて思った。

やっぱり、強引に夫と寝室を分けたのだけは、正解だったわね、と。

その寝室は、娘のアキが結婚して家を出たら、と待ちに待って確保した自分専用の部屋だった。いつでも一人になれる自分だけの空間。夫は、散々、文句を言ったが、「テツヤが出ていったら、そこをあなたの部屋にしていいから」と、譲《ゆず》らなかった。これほどに頑張り抜いたことが、自分の人生にあったろうか、と思えるほど頑張り抜いて、やっと確保したのだ。

そうよ、こんな夜は、夫の顔も見たくもないし、耳元で寝息が聞こえたりしたら、発狂しちゃうわよ、と、悦子はグラスを手に取り、ワインをいっきに飲み干した。

そして、翌朝。

目覚めた後も、気分は相変わらず滅入ったままだった。しかも、わずか一晩で、自分は、娘のアキの思惑通りになってしまうだろうなあ、という気がすでにしてきていた。

　夫は、なにごともなかったかのように朝食をとり、出勤していったが、その様子を眺めながら、「私は結局は、子どもの言うままになってしまう母親なのだ」と悦子は思った。

　アキの結婚もそう。テツヤの就職もそう。

　最後は押し切られて、「ママが反対した」というマイナス点だけがくっきりと残される。

　そこを逆手に取り、「どうせママは文句を言うだけだから」と言って、父親に取り入り味方につけて乗り切ろうとする娘の戦略は、正しくこの私という母親を見抜いているのだ。

　そもそも、私の夢はどうなるの？　と叫んでみたって、千葉の内房あたりで、ガーデニング三昧の老後なんていう漠然としたイメージしかない。「そうしたい」から「そうする」へ向かって、具体的に突き進んでいく意志の強さがない。だから私は、いつもこうなる。

昨夜、夫に「もう、遅い！」と叫んだ時、「お前さあ」と夫がこともなげに言ったのを悦子は思い出した。

「遅い！　とかなんとか言うけどさ、お前、長生きすりゃあいいのさ。八十歳まで、まだ二十年もある。焦ることないさ」

そのなめきった台詞を思い出したら、心がさらに萎《な》えた。しかも、どうせこうなるのだから、もういいわ、なんて、捨て鉢になっている自分がいる。悦子は、そんな自分を嘲《あざけ》るように小さく笑ったあと、久しぶりに実家を覗《のぞ》いてこようと思い立った。夫の言う二十年後、ちょうど八十歳になる母親が、どれほど自由に生きているのか見てこようじゃないのよ。そんな開き直った思いが、込み上げてきたのだ。

悦子の母親は、介護の末に夫を亡くして三年目になる。持病を持ち、気難しかった夫の介護にほとほと苦労したせいか、亡くなった後は、ほっとしたようで、落ち込む様子はなかった。むしろ、一年ごとに元気になっていく。

悦子の方も、介護の手助けで実家に長く通い詰めていたから、母親と同じくほっとしたとたんに気が抜けてしまった。電話で、母親が元気か確認するだけでことを済ませ、もう半年も行っていない。さすがに、そろそろ顔を見せなくてはと思っていたところだった。

実家は、悦子の家からは電車を乗り継いで一時間ほど。同じ都内でも荒川を渡った東の端にあった。しかも駅から二十分も歩く。その行きづらさが、介護に通っていた悦子をいっそうつらいものにさせていたのだった。

それは築四十年にもなる木造の二階屋だが、下町の風情には似合わないしゃれた家だった。愛らしい緑の三角屋根、玄関の窓のステンドグラス、庭の白樺《しらかば》、すべて母親の趣味だ。

自分の育った家は、いつ来ても悦子には、懐《なつ》かしい。久しぶりだといっそう懐かしく、家を見たとたん、思い切って来てよかったとの思いが胸にせり上がってきた。

春になり、うっすらと緑に染まり始めた芝生の庭を覗くと、掃除中なのか、ベランダの掃き出し口が開いていた。はやる気持ちで、鍵のかかっていない玄関を開け、

「母さん、いる〜」と声を上げたとたんだった。

中からいきなり顔を出したのは、母親ではなく悦子の弟の誠司《せいじ》だった。

あまりの思いがけなさに、悦子はギョッとした。

「なんで、なんであんたがいるのっ！」

「なんで、とは、いきなりなんだよ。ここはオレの実家だ」

介護中は、寄りつきもしなかったくせに、とのど元まで出かかった言葉を悦子は呑み込んだ。

「でも仕事は？　今日は、平日でしょう？」

「今、ちょっとね」

「なに、ちょっとって」

嫌な予感がした。誠司は、悦子の二歳下の五十七歳だ。見た目は、恰幅《かっぷく》のいい立派な中高年。しかも、家族と名古屋に住んでいるはずだった。その彼が、派手なオレンジ色のジャージの上下というとんでもない格好で、昼間っから実家でなごんでいる。

「もしかしてリストラ？」

単刀直入に聞いてみた。

「まあね、いろいろあるのさ」

誠司はのんきな口調だった。ま、この歳だと、リストラと言っても、早期退職。退職金も高くなるし、再就職もまだできるし、さほど問題はないか、と、悦子は一瞬の間に思い巡らした。こういうことには、私の頭って急速に回転する、と思いつつ居間に入り、あたりを見回すが、母親の姿がない。

「母さんは？」

「出掛けた」

「どこへ？」

「知らない」

「いつ帰るの？」

「聞いていない」

まるで子どもとの会話だ。息子のテツヤと話す方がまだましだ。とても、これでは五十九歳と五十七歳の会話にならないし、これ以上の会話の発展も望めない、と悦子は思った。確か理系の技術職の弟は、部長にまで昇進したはずだったが、あれって本当だったのだろうかと首を傾《かし》げてしまった。

そういえば、母親に電話でご機嫌伺いをした時、「近々行くね」とつぶやいたら、「来る時は電話をしてね」と言っていた。娘は実家には、アポなしでいつ行ってもかまわない、行けば、親はいるものと思い込んでいたので、聞き流したのだ。

「母さん、この頃、お出掛けが多いのかなあ。もう歳なんだから、心配だよね。ほら、突然家が分かんなくなるとか、そういうこともあるんじゃないのかな、どう？」

「どう？　って」

いちいち、なによ、ちゃんと大人の会話をしてよ、とキレそうになりながら、悦子は答えた。

「様子はどうか、ってこと。しっかりしているのか、そうじゃないのか、あなたの目にはどう見えたかって聞いているの」

「ああ、元気だよ。想像以上さ。なんかさ、仲の良いじいさんとかいて、美術館とか、コンサートとかに行っているわけよ」

衝撃が走った。

「うそーっ、なに、それ？」

「だから、オレが朝起きたらいなかったから、そのじいさんと出掛けたんじゃないの。だから、別に心配ないってわけ」

まともな会話がやっと弟との間に展開し始めたと思ったら、思いもかけない母親の状況に、悦子は言葉を失った。

「そのじいさんって……」

「年下」

「年下！」

悦子の声がまたオクターブ上がった。

「三、四歳違うのかな。だけど、母さんは、十歳は若く見えるから相手はぞっこんみたいだよ」

「ぞっこん！　で、あんたは会ったわけ」

「そう、最初、息子のオレとしてはジェラシー。なんだ、このジジイ、とか思ったけど、とにもかくにも母さんが嬉しそうだから、ま、いいかって」

「あんた、いつからここにいるの？」

「う〜ん、三か月くらい前かな」

「帰らなくていいわけ？」

「じゃなくて、オレとしては、ちょうどよくこっちに家があるからさ、女房には向こうの家を渡してきた」

「って、離婚ってこと？　家を出てきたってこと？」

「まあ、そう」

「私、聞いてないわよ！」

悦子は、悲鳴のような声を上げた。

「こういうことって、姉にいちいち言わなきゃならないことか？」

そうじゃなくて、そうじゃなくて、いつも電話をしていたのに、母親が自分にそんな大きな家族の出来事をなにも話してくれていないこと、一緒に父親の介護をした仲なのに、水臭いというか、無視されているというか、悦子は、思いがけない怒りに支配された。

悦子は弟の誠司があっけにとられている前で、声を上げて泣き出してしまった。


悦子の母親である妙《たえ》が、秀二《ひでじ》を伴って自宅に戻ったのは、夕刻を過ぎてからだった。

秀二と出掛けた日は、帰りに二人で買い物をして、料理好きの彼が妙の家で夕食を作る。それがいつもの決まりだった。

週に一度、ワインを飲みながら二人で寛《くつろ》ぐこの日、話すことは際限なくあった。何を話していても楽しかった。

人生の晩年、八十歳にもなったこの時に、想像もしていなかった至福の時が訪れたのである。まるで、これは奇跡、長生きして、儲《もう》け！　と妙は思っていた。

それが三か月前、息子の誠司の出現で、あっというまにこの時間が奪われた。

そのことを妙が嘆くと、秀二は言う。

「人生は、こうやって、想像を超えて展開する。それが面白いのだよ」

慌てず、騒がず。常に鷹揚に構えている。

秀二は、妙とは三歳違いの七十七歳。まだ未来を夢見ることができるらしい。それに反して、妙は、つい、あと何年、と人生の残り時間を数えてしまう。この違い、もう八十代とまだ七十代の差かしらねえ、と思う。

それでも、秀二に確信をもって言われると、妙も、そうね、成り行きを面白く見ていればいいのよね、という気分になる。

そもそも、離婚は息子が直面している人生の課題であって、母親の自分の課題ではない。他者の課題を背負ってはならない、事態を混乱させるだけだから。これは、秀二の受け売りだが、彼は、なにごとにも「その課題は、誰のものか？」と問い、他者の人生に安易に踏み込むことをよしとしない。

そのような考えは、日々のあり方をシンプルにする。おかげで、ずいぶんと自分も楽になった、と妙は思っている。

思えば、息子の誠司が就職し、赴任先の名古屋で結婚して以後、家族が揃《そろ》って来ていたのは、いつ頃までだったのか。気が付いたら、実家にはめったに顔を見せなくなっていた。それもこれも夫と誠司がうまくいっていないせいだと思っていた。孫たちが自立してからは、もう誰も来ない。誠司の妻は寝たきりになった義父の見舞いにさえ来なかった。大変な時に行けば、面倒をかけると思っているのだろう、と考えていたが、夫が亡くなった後も状況は変わらなかった。

息子の家族とは、夫の一周忌の法事で会ったのが最後だ。

一方、娘の悦子の方も定期的に電話は来るが、父親が亡くなると、介護疲れと称して、ぱったり姿を見せなくなった。

そもそも、様子を見に来るだけだったのを、介護疲れとは、なにか？　と思うが、娘を頼る気持ちはなくなっている。彼女は自分の人生のやりくりだけでいっぱいなのだ。

そんなこんなで、夫が亡くなった後、妙は世間でいう「お一人さま」の暮らしが、自分に始まったのだと覚悟を決めた。一人暮らしは、長い人生での初体験だったが、慣れるにつれて、誰にも邪魔されない生活の気楽さにはまっていった。秀二とも付き合い始めて、楽しくなり、もうとことん自由を謳歌《おうか》していた。

そのさなかに現れた息子の誠司だが、なにを聞いても「今流行りの熟年離婚さ」と言って、のらりくらり。らちがあかない。詳しい事情をまったく話さないまま実家に居座っている。

妙は、家に戻ったとたん、居間のテレビの前のソファに寝そべって、「ご飯、まあだ?」状態でいる息子を見てイラッとした。

それでも、秀二と一緒に買ってきた「カニチラシ寿司」の折りを「あなたの分も買ってきてあげたわよ」と明るく言いつつテーブルに置いた。

すぐに秀二がキッチンに行きかけたが、「秀二さんは座っていて。お茶は誠司が淹れますから」と妙が制した。それを聞いて、誠司が慌てて立ち上がったのを見て、秀二がニヤリとした。

妙が、息子がこれ以上、実家に居つかないように「なるべく居心地をよくせずにこき使う」との作戦中なのを知っていたからだ。

「それよりさあ」

誠司がキッチンから大声を上げた。

「さっきまで大変だったんだよ、母さん」

他人の秀二がいるのに、なんて遠慮のない物言い、と妙はため息が出た。

ところが、誠司が、姉の悦子が来て、弟の熟年離婚を知って、怒った、と言ったとたん、妙も負けじとばかりに大声を上げてしまった。

「悦子が怒ったってしょうがないでしょう。離婚するもしないもあんたの問題なんだから」

「そうじゃないんだよ、いつも電話をしていたのに、そのことをなにも言わなかった母さんに怒って泣いたんだよ」

「あらら、あの子の場合、電話をかけてきたって、こっちがなんか言う暇はないのよ。一方的に、聞いて、聞いて、と喋りまくって、母さんがなんか言おうとすると、それは、また後で、って、すぐ切っちゃうのよ」

妙は、やれやれ、面倒な、と思った。

「それに、家に来る時は、電話をするように言ってあったのに……」

妙のうんざりした顔に、秀二が、気持ち分かるよ、というようにうなずいてみせた。

それでも、話が一段落し、誠司がぎこちない様子でお茶を淹れてきたので、三人での夕食になった。

誠司が、しらっとした場の空気を破ろうとしたのか、秀二の方にちらっと眼をやりながら、話を蒸し返した。

「それから、母さんが、こちらさんと付き合っているってことにも姉さんは驚いていた」

「あら、そう、余計なお世話だわね」

妙はさらに不機嫌になった。誠司はただちに話題を切り替え、機嫌をとるべく、日頃は聞かないようなことを初めて秀二に尋ねた。

「で……、今日は、お二人はどちらへ」

「上野にゴヤを観に行きましてね」

「ゴヤ?」

「スペインの画家ですね。上野の美術館で展覧会がありまして」

「はあ」

誠司が、怪訝《けげん》な声を上げたせいか、秀二は照れたように、白髪の髪をかきあげながら言った。

「妙さんが、ゴヤの人生に強い関心をお持ちなもので。なかなかに有意義な一日でした」

「それは、どうも」

「なにが、どうもよ」

と妙が言ったので、さらに気まずい時間が流れた。誠司は食事を終えると、「では、ごゆっくりと」と、不自然なほど礼儀正しく言って、そそくさと二階の部屋へと引き上げていった。

妙と秀二は、顔を見合わせて笑った。

「作戦成功ですかね」

「あの子は、相変わらず、場の空気が読めないわねえ」

「では、久しぶりに、二人でワインでも飲みますか？」

「だったら、美味しいチーズがあるのよ」

秀二と妙は、久しぶりに向き合って、ワインを傾けた。妙はたちまち機嫌が戻り、微笑みながらつい遠くを見る目つきになった。その澄ましたような表情を見て、秀二が思わず笑った。

「ほらほら、その感じ、昔の妙ネエそのものだなあ」と。

実は、妙が秀二と出会ったのは、いや、再会したのは、十五年以上も前のことだった。発端《ほったん》は、今は亡き夫のおかげともいえる。高校の教員だった夫の孝雄《たかお》は、定年後に教育関係の団体事務所で働き始めていたのだが、ある日、突然、妻の妙に命令を発したのだ。

まるで怒ったように。

「お前、パソコン教室へ行け」

唐突さに、面食らった。

「私が？　なんで？」

「行って、習ったことを俺に教えろ。こっちは忙しくて、行っている暇がないっ」

瞬時に、今度の仕事場でパソコン操作に苦慮《くりょ》しているのだと思った。でも、夫は自分が教室に通って初歩的なことを若いインストラクターに教えられるのがイヤなのだろう、と察した。

妙はとっさに返事をした。

「行く行く、やったあ〜」

「なんだ、そりゃ。いい歳をして、すぐにお前は上っ調子になる」

どんなことにも、いちいち文句を言わなければ承知しない男、それが夫の孝雄だったが、妙はもう慣れっこになっていた。適当に持ち上げてたてまつっておきながら、自分の好きな方向へと物事をいっきに持ち込んでいく術を心得ていた。

おかげで、自分用のパソコンを手に入れ、大手《おおで》を振ってパソコン教室へ出掛け、六十代の遅まきながら、持ち前の集中力で操作を習得した。当時、流行っていたウェブ上の掲示板に書き込みなどもして、メル友を次々と作っていったのだ。

ある時だ。

ふと、自分の遠い記憶をさかのぼってみたくなった。なにげなく「学童疎開、長野県、玉延寺《ぎょくえんじ》」でウェブ検索をしてみた。それでいきついたのが、秀二の「ボクは、あの日を忘れない」というブログだった。

「秀ボウだ……」

そう気が付いたとたん、思いがけなくも妙の涙が止まらなくなった。

国民学校の六年生と三年生の妙ネエと秀ボウ。わずか一年足らずだったが、妙と秀二は忘れ得ぬあの時を共有した学童疎開児同士だったのだ。

それから、会うことはなかったが、夫に内緒のメル友として長く友情を育んできた。三年前だった。妙が介護の末に夫を亡くして悄然《しょうぜん》としていたその時に、六十五年ぶりに目の前に現れた男がいた。

それが秀二だった。

そんな二人の経緯を誰も知らない。

知らない、と言うより誰も聞かない。

どこで知り合ったの？　ぐらいは聞いてもよさそうなものなのだが……。

おかげで、妙は八十歳にもなった女の人生になにが起きているかと関心を抱く者は、家族の中にさえ存在しない、と思うようになっていたのだった。

第二章　娘は策士だから

悦子は実家から戻って以後、心身に変調をきたしていた。いや、正確に言えば、変調をきたしているかのように見えるらしかった。

妻に関しては、機嫌がいいか悪いか、その二つの判断しかないはずの夫が、今朝は、まじまじと悦子の顔を見て聞いてきた。

「お前、どうかしたか?」

「別に……」

「そうか……」

確かに、自分はどうかしている、と悦子も感じてはいた。ぼんやりしているというか、心ここにあらずというか……。しかも、以前だったら、「そうか……」などとつぶやくだけで、それ以上突っ込んでこない夫に、チッと舌打ちする気分が湧いたものだった。

「あなたには、そのそうか……、の次はなにもないわけね」とすかさず切り返したくなったりするが、そんな気も起きない。

ため息をつき、そのまま食卓に頬杖《ほおづえ》をつき、夫が出勤したのも気が付かずにいた。

いきなり頭上から声がした。

「母さん、どうかした？」

テツヤである。同じ家にいながら、めったにその姿を見ることのない息子。まして、声を聞くなど、いつ以来か。

「あら、そっちこそ、どうかした？」

顔を上げてテツヤを見た瞬間、悦子の中に、ぽっ、と灯りがともった。

「いや、なんか元気ないみたいだから……」

テツヤの声は、たちまちいつもの不服そうなトーンへと落ちていく。なんだあ、と悦子は、一瞬のうちにともった灯りが吹き消された気がして、ついと息子から目をそらした。

それでも、心の中には言うまいと思って堪《こら》えている怒濤《どとう》の思いがいっきにあふれてきた。

あんたさあ、どうするの？　なんかやりたいことないの？　留年留年で、大学に六年も行った末に、就職もしないで、三年にもなるのよ、なんのバイトをしてるのか知らないけれど、説明責任ってもんがあるでしょう？　親の家に居候しているんだし。ガス代とか電気代とか、それなりにかかってんだから、ああせいこうせいとは言わないから、せめて、この家にいる以上、フツウにしててよ、機嫌よく喋るくらいなんのお金もかからないでしょうが……。

でも、幸いなことに、この朝の悦子は、それをリアルな言葉にして発するほどのテンションにはなかった。いや、その件は今はそこまでの緊急を要する懸念事項ではないということでもあった。

悦子の頭の中を目下占めているのは、実家に住み着いている弟の誠司のこと、八十歳にもなって男と遊び歩いているらしい母親の妙のこと、どう理解していいか分からないその事態。おまけに思いがけず、弟の前で号泣した自分のあまりにみっともない姿が自分を苛《さいな》むし、何回かけても親友の智子は電話に出ないし、もうそれやこれやで、いっぱいだった。

おかげで、まだ、生まれてもいない孫の世話を押し付けようと企む娘のアキのことまでが吹っ飛んでしまっていた。まして、テツヤのことなど、今やどうでもいいような……。

そんな捨て鉢気分の悦子の前で、テツヤが勇気を奮い起こすように言った。

「母さんさ、オレさあ」

「オレがなに？」

「あのさあ」

「あのさあ、って、ちょっと、早く言って。母さんさ、なんかこうガッツがなくて、なんかこう忍耐力のボーダーが低いっていうか」

悦子は思わず、うわ言のようにつぶやいた。

決定的なことを今言われたくないけど、親だから聞くしかないけど、ちょっと勘弁してほしいかなあ、という感じだったのだ。

「オレ、シェフを目指そうと思って」

テツヤの台詞に、悦子は、思わず叫んだ。心の中で。なによ、それ、それ！

幸いなことに、やはり、実際に口にする元気にまでは気分が至っていなかった。

「そうなんだ……」

「そうなんだよ」

「それで？　勉強する資金が必要とかいうことかしら？　それはね、お父上の方にどうぞ。お金持っているのは、あっち。退職金、出るから」

「父さんとは、もう話したよ」

「うそーっ！」

ついに、悦子の口から、生の叫び声が発せられた。

「でも、金とかはいらないから。今、バイトしているとこの店長がさ、本気で修業するなら、自分の師匠の店を紹介してやってもいいよって。ま、この際、本気でやるかなあって、思ってるんで」

悦子の「うそーっ！」は、話の中身のことではなかった。夫と息子が話し合った、というその思いがけない事実に関してだった。

「母さんに言えって、父さんが言うんで、一応言うけど」

「一応？」

いつもの悦子が蘇った。

「うん、頑張るつもりではいるけど、頑張りきれない場合もあるからさあ」

テツヤの説明に悦子は黙った。

頑張りきれないかもしれないことを、あらかじめ前提にした頑張るっていうのは、つまりは、あんまり期待はしないでね、ということね、と思ったからだった。

「分かったわ。シェフには、びっくりしたけれど。この際、やってみたいと思ったことは、なんでもやってみる価値はありだと思うわ」

「分かった」

テツヤは、これで義務を果たし終えたみたいな口調で言うと、急に元気が出たように二階への階段を駆け上がって自分の部屋の中に消えた。どちらかと言うと、がっしりしたズングリムックリ型の夫に比べ、息子はひょろっとしてひ弱に見える。その頼りない息子の後ろ姿が視界から消えたとたん、悦子は、再び、食卓に頬杖をつき、ぼんやり考えた。

でも、シェフって、なんのシェフ？　フレンチ？　イタリアン？　和食？　夫と話したって言うけれど、どっちから声を掛けたんだろう？　もしかしたら、アキを同居させようとして、テツヤは男だから、家から出して自立させる、って、本当に言っちゃったのかも。それで、なんとかしなきゃならなくなったとか。つまり、娘可愛さで、突然目が覚めて、父親として息子にきっちりと将来について言い渡したってこと？

せっかく、テツヤの方から話し掛けてきたというのに、悦子は肝心《かんじん》なことをなにひとつ聞いていないことに気が付いた。

やっぱり、私、どうかしている……と思ったが、今晩、夫が帰宅したら、とことんことの真相を追及してやろうと思ったら、妙に力が湧いてきた。

そうよ、ぼんやりしている場合ではないのよ。悦子は、そう自分に言い聞かせた。目の前にある一つひとつの懸念事項をあいまいにせずに、はっきりさせていかなくちゃ。手遅れになったらすべてのことが今後の私の人生にかかわってくるのだから。

頑張れ、頑張れ、悦子！

自分のことを本気で思って、励ましてくれるのは、もう自分しかいないのだから……。そう、このフレーズ、親友の智子が言ったんだわ、どこまでそう思い切れているかどうかが、自立した女のバロメーターだって。

悦子は、雄々《おお》しく立ち上がった。朝食の後片付けをてきぱきとこなすと、まずは、母親の妙に自分から電話をかけることに決めた。

というのも、弟の誠司から留守中に自分が来たことを聞いたはずなのに、妙から一向に電話がないことを、悦子は腹立たしく思っていた。

以前だったら、その日のうちに母から電話をしてくるはずだった。悦子は、そのことにこだわっていたのだ。こだわっていた、というより、こだわっていたことに、今、気が付いたのだ。

思えば、自分が、弟の件を内緒にされていたことを怒っていると知り、母は電話をしづらくなったとも考えられる。ボーイフレンドがいることを娘に知られて、きまり悪くて電話ができないのかもしれない。

悦子は思った。

ここで、私も大人の対応をしなくちゃねえ、子どもじゃないんだし、すねてるなんて思われても癪《しゃく》よねえ、と。

実家の電話には、誠司が出た。

思わずムッとしたが、母は出掛けたという。ちょっと郵便局へ、と言って出たので、すぐ戻るはずだから、と弟が不機嫌そうな声で告げて電話が切れた。有無をも言わさぬそっけなさ。まるで、母と弟でつるんでいる感じ、と悦子は猛烈に不愉快になったが、抑えて、抑えて、と自分に言い聞かせて、受話器を置いた。

数分後、電話が鳴った。

母の妙だった。声が妙に明るい。生気《せいき》にあふれている。

「悦子！　この間はいなくてごめんなさい。なんか用だったかしら。急ぎだったら、電話くれるって思って待ってたのよ。今日、来る？」

「あ、母さん、今日は、ちょっと……」

「そうなのね、分かったわ。それで、元気にしているのね。みんな」

「うん、相変わらず」

「そう、よかったわ」

のっけから、完全に母のペースに巻き込まれていて、悦子は面食らった。

「びっくりしたわよね、誠司のこと。あの子ね、事情をなにも言わないのよ。離婚とか言っているけれど、話をちゃんと聞いちゃうと、彼も自分の言ったことに拘束されちゃって、本当にそうなったりするから、今は、誰にも言わずに放置しているの。そろそろ、三か月だから事態が動くように思うけれど、きっと、落ち着くところに落ち着くでしょうから、この件は、外野は触《ふ》れないでいましょうよ」

はい、と言うしかなかった。いつもは、悦子が一方的に喋るばかりだが、今回は、母の決意が感じられた。誠司が自分で結論を出せるように、見守っているのだ。そうか、母さんはそう思っているのだ……。

悦子は、朝のテツヤとのやりとりを思い出し、目のふちに涙が滲《にじ》んできて、しゃくりあげそうになるのを堪えた。

一週間が過ぎた。

テツヤが「シェフになる」と言ったあの日から、平穏は保たれている。でも、穏やかな日々の水面下で、自分の知らないなにかが着々と進行している……、と最近の悦子は思うようになっている。

でも、あの夜の見事な空振りを思い出す度に、悦子はがっかりする。そう、あの日、「テツヤのシェフになる」問題について夫にことの次第を聞き、親として息子の決意をどう見守っていくのか、夫婦の意思を一致させておくべく話し合うつもりでいた。

ところが、夫の態度はひどいものだった。「父さんと話し合った」と、テツヤは確かに言ったのに、夫は「そうか」と返事しただけだと言い張る。しかも、それで終わるのもなんだから「一応、母さんにも言っておけ」と、それこそ一応、付け加えただけだ、とも。要するに妻の悦子に問題を丸投げしたのだ。今までと同じ。そうか、ここに至って、まだ変わらないのか、この人は、と悦子は思った。

でも、夫って、男って、みんなそう。いや、みんなそうかどうかは知らないけれど、夫にがっかりした時には、悦子は、そうつぶやく。にもかかわらず、期待する。期待して裏切られる。それを何度も繰り返して、ああ、ばかばかしい。

あの日以来、このような朝の「自問自答」から、悦子は、なかなか抜け出せないでいる。

そもそもは、娘のアキが夫の会社に行って、「生まれてもいない孫の世話」について打診したことが、この混乱の始まりだった。静かな池に投げ入れられた小石のせいで、次々と波紋が広がっていくように、平穏な日常がにわかに波立ってきたのだ。

「もう、いつだってあの子が発端……」

誰もいないキッチンで、悦子は、思わず声に出してつぶやいた。そのとたんだった。悦子は、嫌な予感に襲われた。

ちょっと、待ってよ、生まれてもいない孫の世話って、実はあり得ないんじゃないの？　あの子に限って、そんな先のことをあらかじめ考えるだなんて、全然、らしくないわ。そうよ、あの子は、なんだって突然ことを起こす、起こった時は、すでに手遅れ。そうよ、きっと生まれるのよ、しかも、ただ、生まれるってことじゃないんだわ、なにかが起きているのよ！

自問自答しながら、悦子は、自分の頭の中がぐんぐん冴《さ》えわたっていくのを感じた。

私って、なんだって、こう、気が付くのが遅いのかしら。いつもそう。感情を先走らせないで、頭を巡らせば、もっと早く気が付けたのに。でも、的中だけはしないでほしい。

悦子は、動悸がしてきた。椅子から立ち上がり、意味もなく動き回った。そのあげく、今夜だわ、とまたもや思ってしまった。

夫によく言って、アキがどういう状況にあるのか聞き出してもらおう、と。もう、空振りは駄目。絶対駄目。今度こそ、先手先手でいかなくては。

悦子は、なにかをしなくてはならない衝動に駆られ、闇雲《やみくも》に食器を洗い始めた。手を動かしていると、いろんな顔が浮かんできた。夫の顔、テツヤの顔、実家に出戻っている弟の顔、母親の顔……。近くにいるようで、実は近くにいない人たち、悦子のことなどに、なんら関心を抱いていない人たち。結局、一人なのよねえ、私って。そんな思いが悦子にはひしひしと感じられていくのだった。


そして、夕方。

悦子の勘は的中した。

待っても待っても、夫は帰宅せず、携帯に連絡を入れても入れても、つながらず。当然のことながら、テツヤはいつ帰るとも分からずで、悦子の苛立ちがついに頂点に達した時だった。

家のチャイムが鳴った。

ドアホンのモニターの前に飛んでいくと、玄関前にTシャツ姿の若い男が立っていた。

誰なの？　首を傾げつつ、悦子は心細げにぼーっと立っているその男をよくよく見た。なんとアキの夫のヨシオだった。妻の実家に一人で来たことなど一度もないヨシオの訪問に、悦子はがっくりした。

なにかが起きたことは、これで明白だった。

「あらあ、ヨシオさん、どうされました？」

あえて明るい声で玄関のドアを開けると、ヨシオは、一瞬、緊張して口ごもり、それからいっきに言った。

「あのう、アキ、いえ、アキさんは？」

「アキはいませんけど」

「えっ、あの、実家に帰るって……」

「でも、来てないわよう」

「そ、そうなんですか……」

相手が、狼狽《ろうばい》すればするほど、悦子は落ち着き払っていった。なにかが起こると予想して、今か、今かと思っていたせいか、妙に気分も高揚《こうよう》していく。

「まあ、入って、あなたに聞きたいこともあるし。そうそう、ご飯は？　まだ、誰も帰ってこないもので。一緒に食べましょうか」

「あ、いや、はい」

悦子は、余裕しゃくしゃくでヨシオを家に招き入れると、キッチンから「で、お父様や、お母様はお元気？　この頃、お会いしていないから」と華やいだ声を上げた。

この頃どころか、三年前のアキとヨシオの結婚式以来、ヨシオの両親とは顔を合わせていないのだが。そもそも、同じ年に逝った悦子の父の葬儀にさえ彼らは現れなかった。二人の結婚に悦子が大反対したのを根に持っているらしいと、その時に悦子は感じていた。

「両親は、まあまあです。それで、すいません、アキなんですが、電話とかは？」

「別にないわよ。あなたたち、喧嘩でもしたのかしら？」

「え、まあ、そんな感じなんですが……」

そんな感じって、なによ、はっきりしないわねえ、と焦《じ》れる思いでヨシオに食事を勧め、悦子は彼と向かい合った。

ヨシオは三十歳にしては、かなりの童顔で、しかも髪はほとんど金髪。結婚当初は、飲食店でバイトをしていると聞いていたが、様子を見ると、相変わらずちゃんとした勤めをしているようには見えない。

「もう、一週間になるんで。迎えに来たんスけどお」

ヨシオが、悦子の視線に耐えかねたように言った。とたん、悦子は、悲鳴を上げた。

「一週間！」

余裕もなにも、すべてが吹き飛んでしまった。一週間といえば、テツヤの件で夫とやり合ったあの日ではないか。なに、この奇妙な一致、という思いが一瞬かすめたが、考える暇はなかった。

「一週間も！　あの子、どこへ行ったのよ、どうしたのよ。あなた、なにしているのよ。ただ放っておいたわけ？」

「いや、だから、実家に帰るって言うから」

「言うからって、来てないわよ。なんなのそれで、それで電話は？」

「別に、それもなくて」

「なくてじゃあないでしょっ」

「どこ行ったんスかねえ」

「どこ行ったって、あなた、事件とか事故とか、そういうのがあるでしょ、若い女が殺されたとか、あるでしょ。なに考えてんの、テレビとか新聞とかニュースとか見ないの？　心配じゃないの？　もう、あんた、話にならないっ」

怒りで、悦子は気が変になりそうだった。

この男、駄目だ、そう心底思った。絶対、別れさせる。

「本人じゃないスけど、友達からは、電話があったから。まだ、実家にいるって」

「誰よ、その友達って」

「ユウスケ。アキから頼まれたからって、電話してきたっス」

「男！」

悦子はまた、悲鳴を上げた。

「男って、危ないじゃない。そんなこと、単純に信じちゃ駄目でしょっ」

「いや、ユウスケは、オレ、いや、ボクはよく知ってますから。フツウの友達で、彼女いるし。大丈夫っス。心配ないっス」

ヨシオの自信に満ちた言葉にいくぶん、胸をなでおろしたものの、悦子はそのまま椅子に崩れ落ちてしまった。それにしても、夫はなにをしているのか。いつもは定時に帰ってくるのに、こういう時に限って、行方不明になる。若いのに、覇気《はき》の感じられない目の前のヨシオにもムカムカする。しかも、こんな時に「心配ないっス」とか言って、人の家でご飯を食べてる！　まずは、妻の実家の親に対しては「申し訳ありません」と頭を下げるべきでしょうが。全然駄目、この男、駄目。だから、言ったじゃないのよ、あれは駄目って。ヨシオの様子にいたたまれず、悦子は立ち上がり、連絡不能だった夫の携帯に念押しでコールしてみた。あっけなく通じた。

「おお、お前か。今さ、電話しようと思っていたんだよ」

「それより、あのね、大変なのよ。アキがね、家出したって。一週間も……」

「おお、おお、アキならいるから」

「いる？　そこにいるの」

「ああ、今から、連れて帰るから」

「ヨシオさんが来てるのよ」

悦子は、ほとんど叫んでいた。

「おお、そいつはさ、早く帰して。話が複雑になるから」

「なによ、なんなのよ。複雑って。どこ？　今、どこにいるのよ？」

「いいから、帰して」

電話は一方的に切れた。

「アキ、いるんスか？」

電話のやりとりを聞いていたヨシオが、立ち上がって迫ってきた。それをまあまあと押さえ、悦子は、頭を下げた。

「ごめんなさい。事情が分からないけれど、アキの話をまず聞いて、連絡させます。父親に泣きついたみたいなので、今日のところは帰って。お願い。必ず、連絡させますから」

なんで、私が、こうして謝らなければならないのか、と悦子は思ったが、「そうスか……、じゃあ、帰ります」と、ヨシオは、途中だった夕食をしっかり済ませると、あっけないほど素直に帰っていった。


妙は、久しぶりに一人で昼食をとっていた。

毎日、午前中に来て、一緒に昼食を食べていた秀二も、さすがに誠司の出現以来、遠慮をするようになった。遊びに来るのが「いつも」から「時々」に変化してしまい、なんかなあ、と妙は思っている。

その原因である出戻り息子の誠司が実家滞在三か月目に至って、ついに動き出した。

一週間ほど前から駅前のスーパーの駐輪場で、自転車整理のバイトを始めたのだ。理由は、なにもしないでいると体がなまってしまうから、ということだった。買い物に行って、店内の募集の張り紙を見て、そのまま応募したらしい。「働いているのは、おおむね七十代のじいさんたちでさ。でも、彼らを見ていると、オレも勇気が湧くんだ」なんて言って、とりあえず楽しそうにしている。

大手の自動車会社傘下《さんか》の部品工場の技術者だった彼である。しかもまだ五十代。あまりに安易すぎる選択じゃないの、と妙は思う。

秀二は、「いや、いや、これはとりあえずの選択。要するに、誠司君の中で今後の人生の方針がまだ定まっていないということでしょうなあ」と言う。

男の気持ちは分からない。

分からないが、子どもの時から誠司は優柔不断だった。それもこれも、逐一《ちくいち》、なにかやる度に説教の種にする口うるさい父親の前で萎縮《いしゅく》して育ったせいかしら？　とも思う。そんなことを考えると、とりとめもなくなるので、ま、いいわ、それはそれ、これはこれ、と妙が、歌うようにつぶやいて、キッチンに行きかかった時だった。

「ばあば〜」

いきなり、居間のドアが開いた。

よくよく見ると、孫のアキだった。今の流行りなのか、髪を頭のてっぺんでお団子にして、なにやら、ふわふわとした服を何枚も重ね着している。

「あらあら、アキよねえ？　ひらひらしてて見違えちゃうわねえ」

妙が珍客に声を上げた。

「は〜い、私、アキです。ばあばも見違えちゃうわねえ。なんか若くなっちゃって。だけど、ばあば、玄関、鍵開けたままだったよん、ママなら絶対、こういうことしないよん」

「あ、それはね、おじさんが朝出掛けたから。ばあばは一人暮らしだったから、内側から鍵をかけるのをつい忘れちゃうのよ」

「ああ、噂のあの出戻りおじさんね。まだ、家に帰んないのう？」

アキは、自分のランチ用に買ってきたらしいハンバーガーの袋をテーブルに置くと、照れたように、「エヘヘ」と笑って、付け加えた。

「ママとばあばと、ウチは二代にわたって子どもで苦労してんのねえ」

妙は、思わず笑った。

「そうね、あんたも噂の出戻り娘だものね」

アキが婚家先を飛び出し、一週間も男友達の彼女のアパートに居候したあげく、父親にすがって出戻ってきたことを悦子の電話ですでに聞かされていたのだ。

「もう家にいると、ママがどうすんの、こうすんのと、うるさくてえ〜」

「それで、逃げてきたわけね？　ここに来るって、言ってきたんでしょうね」

「もちろん」

「なら、いいけど。ばあばはね、あんたの問題には、口出せないわよ、かかわるつもりはないのよ。分かるわね？」

「分かってま〜す、ママが、さらに噴火しちゃいま〜す。でも、ばあばは、トンデル女だから、アキは話していて安心だあ」

電話口で、機関銃のように一方的に喋りまくっていた娘の悦子の声が、妙の耳にはギンギン響き渡った。

「母さん、聞いてよ、アキが出戻ってきちゃったのよ。ヨシオ、ほら、アキの相手、これがしょうもなくてね、だから結婚には、あれほど反対したでしょう、って叫びたい感じ。あんなのとは別れた方が、断然、いいわけなんだけどね。どうも理由がはっきりしなくて、親としては、はい、どうぞ、お帰りなさい、とはいかないし。簡単に別れさせるのはねえ。それなりの筋の通った対応が必要だと思って、私、今どうしたらいいのか……」

悦子は、切羽詰まっている様子だった。母親の自分が散々悩んでいるのに、当人のアキの方は、あっけらかんとしていて、自分の置かれている事態に対し、「エヘヘ」で済ませようとしている、それが許せない、と切々と訴えていた。

妙が、「気持ちは分かるけど、頭ごなしに言い立てても、起きたことをもとには戻せないでしょうに」と言ったら、なぜか電話口で悦子がキレた。

「母さんには、分かんないわよっ。八十にもなって、年下の男を作ってんだから！」

さすがに、妙も頭に血が上った。いくら苛立っているからと言って、母親に向かってなんという言い草か。秀二がどんな人か知りもせずに……。

それでも、妙はいきなりは電話を切らなかった。「ともかく、少し、頭を冷やして」、そう言って静かに受話器を置いたのだ。

それで、やっと何日も続いていた電話が止まった。だから、もう巻き込むのだけは、勘弁してよ、という気持ちなのだが、目の前に登場してきたアキの「エヘヘ」に触れると、つい、心が和んで微笑んでしまう。

幼い頃から、この孫娘は妙にひょうきんで、なにをやらかしても笑って済ませたくなるようなところがあるのだ。

「それで、どうするの？　というより、なんで家を飛び出しちゃったのよ、アキちゃん」

「家ってどこの家のこと？」

「もちろん、婚家先のことよ」

「コンカって？」

「あなたの家、結婚した相手の家のことよ」

「ウム～っ、それはあ～」とアキがわざとらしく考え込む仕草をした。

「あのね、実はね、ヨシオのママがね、マンションを買ってあげるって言ったのう」

「まあ、すごい」

「ウン、そうなの。ヨシオは、ミュージシャン志望なのに、アキと結婚したもんで、バイトで生活費を稼がなきゃいけないでしょう？　だから、ヨシオのママが、カワイソウとか言って、夢を追いかけさせてやりたいんだって」

アキの甘えたような口調に、妙は含み笑いで返した。

「そうねえ、でも、音楽かアキか、自由かアキか、でヨシオさんは、アキを選んだのだからしょうがないわよねえ」

「そう、でも、それをカワイソウって言うわけよ」

「なるほどねえ」

妙がうなずくと、アキがにわかに泣き声になった。

「でもね、ウチのママにはね、言ってないんだけど……、そのマンションには、ヨシオのママも一緒に住むつもりで、アキがそれはイヤだって言ったら、ヨシオは、だったら、アキはここに残れ、オレは行くって」

「なに？　なに？　それ、どういう意味？」

妙には、なにがなんだか分からなかった。

「あのね、ヨシオママは、夫がイヤだから、別居したいんだって。だから、私たちにマンションを買って、自分も同居するって」

「ええっ、だったら、ヨシオさんのパパはどうするの？」

「アキたちが出ていったら、一人になるわけよ」

「ふう〜ん」

「だけど、ヨシオパパは、それでかまわないんだって。だけど、アキはね、ヨシオママよりヨシオパパの方がいいわけよ。それで、ヨシオと喧嘩になって」

「それで飛び出してきたわけね。そのこと、なんでママに言わないの」

「ママには、こんなこんがらがったこと、理解ができないと思うの。怒って、あっちの家に怒鳴り込むだけでしょう？」

妙は、なんだか、くらくらしてきた。

いくら、家族の形は多様になったとはいえ、ヨシオママという人は、相当に変わっている。そんなややこしいことをせずに、夫と別居したければ、マンションを買って自分だけ出ていけばいいのに、と思った。

「でもね、若いあなたたちに老いたパパを押し付けるのは申し訳ないからって、言うの」

「老いた」と言ったって、まだ六十代。妙から見れば、まだ青年だ。

「だからね」と妙は、噛んで含めるようにアキに言った。

「ヨシオさんの親は、まだ若いんだから、そのまま放置して、あなたたちがアパートでも借りて自立すればいいんじゃないの？」

「でもね、ヨシオにはそんな経済力ないし、住むところがなかったらどうするんだって、言うわけ……」

妙は、思わず、声を上げた。

「もうっ、そんな男とは別れなさいっ！」

「うん、だからそうするの。ワーイ、ばあばとアキは意見が一致だあ」

アキは、ほっとしたように、ハンバーガーにかじりつき、シアワセそうに笑った。

「でも、今日、ここに来た理由はそれだけ？」

妙は、アキが自分のお腹にふと、手をやるのを見たせいで、あらぬことを聞いてしまった。その自分のうっかりにすぐ気付いたが、間に合わなかった。アキがすかさず早口でまくしたてたのだ。

「えっ？　なに？　ばあば、もしかして今朝、ママから電話なんか来ちゃった？　もう聞いちゃったわけ？　そうなの、ママがね、あんまりしつこいから、アキとしては面倒になって、コクハクしちゃったわけよ、そしたら大変なことになっちゃって……」

それでここに逃げて来たのか。妙は愕然とする思いでアキの「コクハク」という衝撃的な言葉にため息をついた。

「やだあ、もう、話が長くなりそう。ねえねえ、ばあばも食べてえ」

アキが甘えた声を出して、冷えたフライドポテトを妙の目の前に押し出した。

悦子の育てた娘は、上っ調子で、幼いふりで、実はしたたか。手ごわい。これでは、悦子の手には負えないわけだ。なんだか、妙は娘の悦子に同情を禁じ得ない心境になった。

そもそも、妙がうっかりアキの話に乗ってしまったのは、悦子が電話でちらっと、

「あの子、妊娠しているのかも……」との心配をもらしていたからだった。

悦子が、その疑いをはっきり言わなかったのは、口に出したら、たちまちそれが本

当になりそうで怖かったに違いない。

息子の誠司の優柔不断さにもほとほと参るけれど、娘の悦子の心配症にも困ってしまう。先へ先へと心配しすぎて、その心配に自ら潰れてしまう、そんなタイプだ。

妙は、アキの「コクハク」にショックを受けて、寝室にひきこもってしまったに違いない悦子を想像して、胸が痛んだ。妙は思った。昔は私もあんなだったかしら、と。いやいや、とんでもない、と、即座に否定した。戦時下に育った妙や秀二は、常になにが起こるか分からない日々を生きていた。心配する余裕さえなかった。

そんなことを考えている間にも、アキがここぞとばかりに勢い込んで喋ってくる。

「でね、でね、ばあば、聞いてよ。アキとしては、コクハクついでにね、ママに言ったわけよ。ヨシオと別れて、働きながら、一人で子どもを育てるわけだから、ぜひにもママやパパに応援してもらいたいってね」

口を挟もうにも挟む隙を与えない。

なにか言おうとする度に、アキは妙を遮《さえぎ》り、マシンガンのような勢いで喋り続けた。

「パパはね、前から、アキに子どもが生まれたら、いくらでも手伝うって言ってくれていたんだけど、ママはね、ママはね、そう、あの人は、アキの言うことは、なんでも反対するの。それが好きなのよ」

その時だった。アキが、まるで、今、気が付いた！　というような口調で芝居けたっぷりに続けた。

「あっ、そうだわ、ばあばでもいいんだわ。ううん、アキは、ばあばがいいな。ママは子育てとか介護は苦手みたいだし。ママは、ばあばもあと数年したら介護だわあ、頭痛い〜、とか言ってたけど、アキはね、ばあばが大好きだから、介護だってなんだってできるし。ねえ、この際、アキとばあばで一致団結、協力し合うってのはどうかなあ？」

どうかなあ？　って、つまり、ここに一緒に住みたいってこと？　と言いそうになった言葉を妙はかろうじて呑み込み、アキの話を遮った。

「ちょっと、待って、待って。アキちゃん、あなたがコクハクして、大変になったっていうことは分かったけれど、ママからは、今朝、電話ももらってないし、なにも聞いてないし、なんだかママのことが心配だわねえ」

「ええ〜っ、ばあばって、ママの味方なの？」

アキが、急にしょんぼりしてしまった。

「味方とか敵とかじゃなくて。ママは、ばあばには大事な娘なの。心配して当たり前。ママも娘のアキのことを一番心配しているのよ。分かってあげてほしいな」

アキはうつむいたまま、言葉を発しない。

それなりに切羽詰まって、彼女は必死で助けを求めに来ているのだな、と妙は感じた。

アキが離婚したいのは分かるが、彼女が妊娠していることを、夫のヨシオや義父母は承知しているのだろうか？　それを隠したまま離婚というわけにはいかないだろう。

この問題はそう簡単ではない。

あの悦子に、ことをてきぱき運んでうまく解決するなんてことは、不可能だ。

「とにかく、アキはママときちんと話さなきゃね。ママの意見も聞かずに、ばあばが協力するのは無理よ。で、今日、ここに来ることをママには言ってきたって、さっきアキは言ったわよね。それは本当？」

アキが、こくりとうなずいた。

「今から、ママに電話をするけれど、もし、ウソだったら、すぐ帰ってもらうわよ」

その毅然《きぜん》とした言葉に、アキが驚いた表情で妙をまじまじと見詰めた。

彼女は、祖母とは、孫可愛さでなんでもいうことを聞いてくれる存在だ、と信じ込んでいるに違いない。そもそも、アキが一人で訪ねてきたのは、彼女が結婚してから、今回が初めてのことだ。それまでは、一人暮らしをする祖母のことなど忘れていたはずだ。それが、困ったことになって、急に思い出しちゃった、というようなことだろう。

妙は、思った。

こうして私は、娘の家族にはいつも巻き込まれてしまう。息子の家族はなにも言わないから「聞いておりません」で放置できるが、娘たちの方はいきなりやってきて一方的に言いまくるから、放置が不能なのだ。「相談したのに知らんぷりして冷たい」などと、叫ばれたり、すねられたり、泣かれたりするわけで……。

妙は、アキが息を詰めて、側で耳を澄ましている中、悦子に電話を入れた。

電話のコールは、しばらく続いた。が、誰も出ない。

あきらめようかと思った時、受話器から声がした。男の声だった。そう、電話をとったのは、悦子の夫の健《たけし》だった。しかも、彼は相当にうろたえている。

「あっ、お義母さんですか？　はい、はい、アキがそちらに？　はい、はい、承知しておりますが、申し訳ないです。ほんと、いきなり……、ご面倒かけて。悦子ですか？　はい、はい、大丈夫です。今は、ちょっと……、会社？　あっ、僕ですか？　朝っぱらから、大騒ぎで、ま、こういう時ですから、欠勤しまして、いや、いや、もう、いてもいなくてもいい身分でして、今月、晴れて定年で。しばらくは、週二日か三日、通ってくれって言われてますんですが、後進の指導ってことですかねえ。あっ、はいはい、すいません、落ち着きましたら、そちらに伺いますので、なにぶん、混乱してまして、はい、はい、アキが事情を伝えたと思いますが、アキの体にさわるのもなんですので、しばらく、そちらにお願いできれば……、はいはい、無理を承知で……。申し訳ない限りで……。はい、はい、どうか、よろしくお願いします」

電話の向こうで、悦子がわめいているのが聞こえたが、結局、健の話ではなんら状況をつかめないまま、妙は受話器を置いた。

悦子が、「あの人って、いつも、問題が起こると、ただ頭を低くして、なんのかんのと言って、通りすぎるのを待つだけなのよ。考えているふりして、実は、全然、考えていないの」と愚痴るが、なるほど、こういうことなのね、と妙は思った。

側で、ね、嘘じゃなかったでしょう、とばかりにアキがにやりとした。

「電話に出たのはあなたのパパで、面倒をおかけしてます、だってよ」と、妙が言うと、アキは、ぴょんぴょん、跳ねて喜んだ。

「だってさ、だってさ、実は、パパが言ったんだもん。ママが落ち着くまで、ばあばのとこに行ってなさいって。一番、安心だからって」

「あらそうなのね、パパが言ったのね、ばあばのとこへ行けって！」

妙は、ため息をついた。要するに、悦子たちは夫婦でもめていて、収拾がつかないので、この私に「アキ問題」を丸投げしたのね、と。

「ま、しばらくは、ここにいなさい」

妙が伝えると、「ばあば、お世話になります〜、イエイ、エイ、エイ」とアキが調子のいいノリで応じた。

妙は、さすがにとんでもないことになりかねない危機を覚え、自分に再度、言い聞かせるように、アキに言い渡した。

「最初に言ったことだけれど、ばあばはね、あんたの問題には口出せないわよ。自分の人生の問題だから、自分で決めなくちゃね。ママや、パパ、それからヨシオさんや、ご両親に、ちゃんと納得してもらわないとね」

「ひえ〜っ、納得は無理ですう。パパは、すぐあきらめてくれるけど、それ以外の人には、納得してもらうのは無理ですう。ママは、子どもがいるなら離婚は駄目、子どものために我慢しなさいの一点張りだし。我慢しなさいって、言われたってねえ。アキは、ママから、子どものために人生我慢したのよ、なあんて言われたくないもん」

確かに理屈は通っている、と思った妙は、これ以上、話していると抜き差しならないところまでいってしまうと、あらためて判断した。

「分かった。ゆっくり考えて。ばあばは、もう、ややこしいことは全然、考えられないお歳だから」

「あれあれ、ばあばも最近、彼氏とかなんとか、ややこしいことをあえてやっていると、聞いてるよん」

「あら、ばあばは、シンプルに生きてるわ」

なにを言っても、すかさず打ち返してくるアキに、さすがの妙もたじたじになりそうで、話を打ち切った。

「アキは、二階の和室を使って。ママが来た時に泊まる部屋よ。お布団、そのままあるわ」

「リョウカア〜イ」と歌うように返事をして、アキは階段を駆け上がっていった。

そして、妙がやれやれと思うまもなく、すぐに二階から大声を上げた。

「ばあばあ、お風呂入っていい？」

「今から？　でも、お好きにどうぞ」

妙も二階に向かって、大声で答えた。

なんだか久しぶりに大声を出して、自分の気持ちが急に活気づいていくのを覚えた。

娘の家族問題には巻き込まれたくないとか、なんとか言っても、結局、孫娘のことが可愛くて仕方がない私なのよね、と妙は自分で自分に苦笑する思いがした。

「今夜の夕食は、任せてぇ」

また、二階からアキの声がした。

「了解！」

妙は、アキをまねて返事をしながら、リビングのガラス戸を開けた。春の空気がほんわかと暖かく、あら、あら、もう外の方があったかいじゃないの、とつぶやいた。

第三章　夫婦って、いろいろ

「一度、お伺いしたいのですが……」

ヨシオの母から電話が入った。

アキの「家出離婚宣言」から、すでに二か月が過ぎ、あっというまに季節は初夏を迎えていたが、その間、まるで我慢比べのように、両家ともこの件についてじっと沈黙を決め込んでいた。

それが、ついに動き出したのだ。ついに。

悦子は、受話器を置いたとたん、勝った！　粘り勝ち！　と快哉《かいさい》の声を上げた。

「こちらから、なんか言っちゃ、絶対駄目。なにを言われても、当人たちの決めることですから、で押し切りなさいよ。二人とも、もう三十なんだし、周りに言われて自分の人生を決める歳じゃないでしょう」

不安の重圧に耐えかねて、悦子が電話をする度に、母の妙からそう言われてきた。

そうは言っても、と思いつつも、だったら、どうするわけ？　の答えがない以上、結局は「当人任せ」でしのぐしか手がなかった。

思えば、ヨシオとの結婚に反対する悦子に向かって、彼の両親は、「こういうことは、当人たちが決めること」の一点張りで押し切った。今度は、こっちの番よ、という思いだ。

そんなわけで、この二か月、悦子はアキに対しても、なにも言わず、一度も会わずに放っておいた。おかげで、それがどんなにエネルギーのいることかを思い知ってしまった。相手に、わあわあ言い募るのって、不安な自分を守るためだったのねえ、と、今さらながら気が付いた。

そんな妻の悦子に夫も戸惑っている。

家の中で、不意に顔を合わせたりすると、今や、彼の表情に怯えが走る。

なにを言っても、ああ、とか、おお、とか、あいまいな返事しかしなかった彼が、悦子に気を遣って、なにかと話し掛けてくる。

「この塩サバ、脂のってて旨い」とか、「きちんと大根おろしがついているってところが、ママのちゃんとしたところだよなあ」とか。

それがなにか？　とそっけなくしているが、なかなかにいい気分だ。しかも、彼は悦子の了解も得ずに、妻の実家に娘のアキを勝手に預けてしまったわけで、その手前、まめに様子を見に行っては、逐一、報告してくる。

あら、そう？　と興味のない反応を示しているが、その情報が悦子には今やかけがえがない。

しょうもないちゃっかり娘、と思っていた我が娘を少し見直すようにもなってきていた。

ゆうべも、悦子の無視にいたたまれず、ビールの後に日本酒まで飲んだ夫が、酔っ払って、彼女が聞きもしないのに喋りまくっていた。

「今じゃ、アキがさ、あの家でさ、夕メシを全部、作っているんだよ。居候だからこれぐらいやんなきゃばあばに悪い、とか言ってさ、一生懸命なんだよなあ。それに、今のうちにとか言って、なんと、なんと介護ヘルパーの資格を取りに講座に通い出したんだぜ。ありゃ、本気だね。子どもが生まれたら、保育園に預けて自立するんだってさ」

その話に、悦子は仰天したが、ふう〜ん、と聞き流すふりをしていた。

アキは、もう妊娠四、五か月目くらいに入っているんじゃないの、と思うが、悦子はそのことも聞かない。なんでもかんでも、じっと我慢だ。

「アキったらさ、自分のことをさ、できちゃったリコン、とか言っちゃってさ、みんな、もう大笑いさ」

みんなって、誰よ？　と思ったら、夫が全部、勝手に喋った。

妙の年下の彼氏の秀二、弟の誠司、なんということか、息子のテツヤまでが、妙の家に時々出入りしているらしいのだ。

「やっぱりさ、アキは太陽さ。ママの育てた娘は、ほんといいスよ〜。あっというまに、みんなを味方につけちゃって、いやあ、あいつは、こういう娘だったんだあ、って、パパとしては、誇らしいぞ〜、アキ〜っ」

夫の健は、そう叫んで居間のソファにばったり倒れて討ち死に状態となった。

そんな彼を放置し、自分の寝室に行った後、悦子は、ベッドに突っ伏して泣いた。

夫から聞いた娘のアキのけなげさに、きっと、私はあの子に陥落する。いえ、もう陥落している、悦子がそう確信した瞬間だった。

そして、いよいよ、ヨシオの両親がやってくる日が来た。

その日、お茶の用意などを整えて待ち構えていたら、午後一時ちょうどに玄関のチャイムが鳴った。

「ヨッシ！」

ドアホンで彼らの姿を確認して、悦子は自分で自分に気合を入れた。

でも、よく見たら、当事者のヨシオの姿はない。なるほどねえ、やっぱりなにごとも親任せの依存息子なのねえ、と思った。ふらふらしていてもテツヤの方が、まだマシ。そもそも、分をわきまえて、経済力もないのに、結婚なんて大層なこともしないし。

もう一度、チャイムが鳴った。

夫が、たまらず声を上げた。

「悦子、なにをやってんだ、返事して、返事」

「は〜い、今、開けます。お待ちください」

悦子はドアホンに向かって叫び、さらに深呼吸をひとつして、玄関へと向かった。

ドアを開けると、ヨシオの両親は、意外にも気弱な様子で立っていた。妙に腰が低い。と言っても、会うのは結婚式以来のことだ。母親の方は、初夏だというのに濃紺のスーツに真珠のネックレス、胸に花のブローチをつけた正装。髪もきちんとセットしてある。あんまりびしっとしていて、なんのつもりかという格好。父親の方は、ゴルフにでも行くような白の半袖ポロシャツ、これもまた別の意味でなんのつもりかという格好だった。

「この度は、アキさんにつらい思いをさせてしまい、申し訳なく……、息子もしっかりしておりませんで……、なんとお詫び申し上げていいものか……」

慇懃無礼で、態度が偉そうで好きになれないと思って、身構えていた悦子はヨシオの母親の方から先に謝られて拍子抜けしてしまった。

「いえいえ、勝手に家出したのは娘の方で、こちらこそご心配をおかけしています。ま、話はゆっくり中で。どうぞ、どうぞ」

悦子を差し置き、隣に来ていた夫が、彼らを調子よくあしらって、居間に招き入れた。なによ、その態度、と悦子は思ったが、気合は入れていても、実は彼らにどう対応していいものか、皆目《かいもく》、見当もつかない。

悦子は、「つまらないものですが」と渡された菓子折りらしい土産の紙袋を「まあまあ、お気を遣っていただき」などとしどろもどろで受け取ると、早々と夫にバトンを渡してしまった。しかも、その場にいるのもいたたまれず、いそいそとお茶を淹れるふりで、キッチンのカウンター内へと逃げ込んだ。

ヨシオの家の方は、身なりの通り、妻が完全に主導権を掌握しているようだった。この人なに？　というほどわれ関せずにボーっとしている白ポロシャツの夫を後目《しりめ》に、いきなり、土下座する勢いで頭を深々と下げ、感情過多な口ぶりで訴えたのも、正装のヨシオの母親の方だった。

「本日、伺いましたのは、アキさんに家の方に戻ってきていただきたくお願いに参りましたの。ご両親様に、なんとかお口添えいただきたく、もう伏してお願いいたします。もとはと言えば、すべてが私の責任でございます。アキさんの好きなようにしてもらってかまわないと、よくよく申し上げたのですが、離婚する、との一点張りで、ヨシオも、もうあきらめる、などと気弱なことを申していまして、それでは、母親の私の気が済まなくて……」

悦子は、キッチンで口をアングリ開けてしまった。えっ、すべて私の責任？　アキの家出って、夫問題じゃなくて姑問題なの！　それ、聞いてないわよ〜っ、と叫びそうになった。

「いや、いや、奈津子《なつこ》さん、どうぞ、頭を上げてください」

夫が、慌てて立ち上がり、彼女の手を取らんばかりにしつつ、話を遮った。

奈津子さん？　そうだわ、あの人、奈津子っていうんだったわ、よく覚えているわねえ、と悦子は、夫の態度にも口をアングリ、だった。

そのまま、今度は彼がまくしたてた。

「奈津子さんのせいだなんて、とんでもありませんよ。お恥ずかしい次第ですが、娘は突拍子もない性格で、しかも、いったん言い出すと、親の意見などに耳を貸さないもので、ヨシオ君との結婚の時もそうでしたが、こちらとしては、家出同然にそちらさまにお世話になりましたものでなにも分からず……。今回の件も、娘は頑としてなにも言いませんで。理由はどうであれ、ヨシオ君と二人で話し合って、結論を出すようにと言い渡しております」

悦子は、あっけにとられてしまった。

なにがなんだか分からない。

分からないが、夫の健が、いざとなると、いやあ、喋る、喋る、シラフでも喋るのねえ……、さすが会社で辣腕《らつわん》の営業の鬼、とか言われていただけはあるわ、とそのことばかりに気をとられてしまった。

「でも、聞きましたら、アキさんは妊娠中で、つまりは、私どもにとっても、初孫ということになりますもので。お察しください」

ヨシオの母がすかさず言った。

やっぱり、それでしょ、アキがヨシオさんにすべて言っちゃったのね。姑としては嫁のアキよりも孫でしょう、土下座してでも、孫が欲しい、そのための低姿勢だったのよねえ。悦子は、やっぱりこの話は、そうそう簡単にいくわけがない、と思った。

「悦子、お茶！」

キッチンに向かって夫が大声を上げた。

「紅茶とかコーヒーとか。どちらがよろしいですかね？　すみませんねえ、妻が気が利かなくて。今回の件では、動転しておりまして」

夫が余計なことを言っている。

「ともあれ、娘には、もうすでに説得を試みておりますが、どうしようもなく、ご存じと思いますが、祖母の元に逃げ込んでおりまして、らちのあかない状況でして。幸い、ヨシオ君も、時々、来て話し合っているようですので、当人たちに結論を委《ゆだ》ねるしかないのでは。今の時代は、もう、親の権威もないも同然で、いかようにもできない有様で。お察しください、奈津子さん。ご主人の方からも……」

夫が、ヨシオの父に同意を求めるように顔を向けた。

その時だった。

ボーっとしているだけに見えた彼が、衝撃的な言葉を発した。

「私どもも離婚しますので、親として息子夫婦にあれこれ言う資格はありません」

これには、口先男と化していた夫も言葉を失って、呆然としてしまった。

悦子は、思わず奈津子の顔を見た。

彼女は、一言も発せずに固まっていた。

悦子はとっさにイメージした。

ここぞとばかりに、自分がしゃしゃり出ていって、「あら、それは、ちっとも存じませんで。なあんだ、お二人も離婚なさるんですかあ。ほほほ」っと笑う姿を。

でも、そうできるタイプではない。いたしかたなく自分の夫の方を見ると、彼は気の抜けた顔で黙ったままでいる。まったく、と思う。こういう時にこそ、いっきに相手に突っ込んでいかなきゃ、と。悦子が、なにか言ってよ、と目配せをしたが、夫は気が付きもしない。いらいらしていると、ようやく、彼が沈黙を破り、ヨシオの父親に向かって口を開いた。

「そうなんですか」と。

すかさず、ヨシオの父親が答えた。

「そうなんですよ」と。

「なるほど、そういうことになりますな」と、夫が言った時、悦子がキレた。

「ちょっと待ってよ、そういうことになりますな、って、あなた、なに言っているんですかっ。離婚した親は、子どもになにも言えないんですかっ。それ、ヘンでしょう！　ねえ」

悦子が、奈津子に同意を求めると、彼女が大きくうなずいた。

「そうです、それとこれとは、問題が違います。私が夫に離婚宣言をいたしたのは、妻として親としてなすべき役割を終えた上でのことです。ずっと、我慢してきたんですから」

「そうなんですか？」

悦子が聞くと、奈津子はきっぱりと答えた。

「そうなんです。この人と結婚して、一か月で私は後悔しました。でも、時代が時代です。私の一存で、即座に結婚の解消などできるわけもなく、以来、ずっと、ずっと辛抱してきたのです。結婚なんて、こんなものよ、と自分に言い聞かせてきたんです」

悦子は、奈津子の話につい聞き入ってしまった。

「ですから、ヨシオも結婚し、アキさんのような明るく屈託のないお嬢さんと家庭を持ちましたので、私は今後は妻も母も引退させてほしいと、勇気を奮って夫に離婚を申し出ましたところ、あっけなく了承してもらえましたもので、この度、離婚となりました」

「そうなんですか」

悦子は、大きくうなずいたが、それだけではもの足りなくて、つい繰り返してしまった。

「そうなんですか……」と。

おかげで、なにやら場が和らいだ。これで一件落着のような気分に、みんながなりかけた時だった。

いきなり、ヨシオの父親が吠えた。

「だからといって、お前。息子夫婦のためだと言って、勝手にマンションを買って、そっちで自分も同居するなんて言うから、アキちゃんが家出しちゃったんだろうが」

アキちゃん？　家出？　マンション？　同居？　なに、それ？　それ？

悦子は、ただちに夫を見た。彼も話の流れが摑めずに、呆然としていたが、ヨシオの父親はかまわず妻に向かって吠え続けた。

「お前が望むなら離婚もかまわない。出ていきたいならそれでもいい。だけど、一人で出ていけっ。若い夫婦を巻き込むな。僕の言いたいことは、それだけだ」

「同感ですっ！」

よせばいいのに夫の健が、彼に同調した。

悦子は思わず反応してしまった。

「出ていけって、なんで妻が出ていくんですか。家は妻と夫の共同財産ですよ」

「だから、マンションを購入したことに、とやかくは言っていないっ」

ヨシオの父が、今度は、悦子に向かって吠えた。

来た時には、ぼーっとして気弱げな感じだったのに、と悦子は面食らってしまった。人は分からない。男は分からない。いや、女も分からない。

そう思って、奈津子の方を見ると、吠え出した夫の気迫に臆したのか、彼女がぼそぼそと弁明を始めた。

「はい、ですからね、謝っているんです、私。アキさんに、マンションで同居してくれなんて、押し付けがましいことを申しまして。いえね、私が一人で出ていきますと、夫のような頑固な老人の世話を押し付けることになりますもので、それでは、あまりに申し訳ないと……。それで、やっぱり好きにしてかまわないと伝えたのですが、この度は、子どもが生まれると聞いたもので、そうなればことは変わります。なにかと、手が必要かと……。でも、それも、よろしいんですよ。ちょっと、思っただけで、アキさんが私と同居したくないのなら、好きにしていただいて……。ただ、息子が経済的に自立しておりませんで、その点については、申し訳が立ちませんが、そうそう好きにもできないだろうと。しばらくは、夫の方の家か、マンションかに住む、ということにならざるを得なく……」

悦子は呻《うめ》きそうになった。

なにこれ、この経過、なんかおかしくない？　どっか、すごくおかしくない？　そう思って、胃がねじれそうになった。

つまりは、ヨシオの父親をとるのか母親をとるのか、嫁のアキが、その選択を迫られているわけで、さすがにノーテンキなアキも悩んでしまうわねえ、と。

「あなた、こんな話、聞いてる？」

夫が、小さく答えた。

「聞いていない……」

「おお、なにも親に言っていない！　たいした子だ、アキちゃんは。ヨシオに愛想がつきて、捨てたくなっても仕方がないな」

「あなた、なんてこと言うんですかっ。アキちゃんは、ヨシオが大好きなんですよ。ミュージシャンになりたいあの子の足は引っ張りたくないって」

「子どもが生まれるんだ。もう、そうも言っていられないだろう」

「あなたっ、孫ですよ。孫のためです。息子たちを助けてあげなくちゃ駄目でしょう」

「助けるって、向こうにすれば余計なお世話なんだよ、そういうことが」

「そんなことはありませんっ。私だって、大変だったんです。子育ては大変なんですよ。あなたなんかヨシオが生まれた時も、他人事で、ちょっとこの子看てて、って言ったら、ただ見てるだけ。泣けば、おい、泣いてるぞ。そういう人だったじゃないですか。私は一人で子どもを育てたようなもんなんです。お義母さんの介護だってなんだって、すべて他人事。離婚すると言ったら、好きにしろって、自分のことさえ他人事。今度のことで、よーく分かりましたよ」

「自分から言い出したことだろう」

「はいはいはい、どうせ、なんでも私のせい。悪いのは私ですっ」

まあまあ、と健が二人の間に入ったが、収拾がつかなかった。

奈津子は、まるで、たまりたまった怒りがあふれて、奔流《ほんりゅう》となって流れ出したように夫に向かって、次から次へと言い募った。

こうなったら、誰にも止められない。

悦子は、キッチンのカウンター越しに、二人が言い合う様子をぼんやり眺めているうちに、なんだか、もうアキのこともなにも、本人がどうでも好きにすればいいように思えてきた。おそらくおおかたの夫婦がこんなもので、自分たち夫婦も似たり寄ったりで、離婚だなんだとか言っても、そんなに大ごとなの？　深刻なの？　ただの痴話喧嘩みたいなもんじゃないの、馬鹿みたい、そんな気さえしてきたのだった。

ともかく、なにをやっているんだろう、私たち。そう思ったとたん、強張《こわば》っていた体中の力が、するすると抜けていく気がした。

「悦子、お茶はどうしたんだ？　まだ、なんにも出てないぞ。お前、どうかしてるぞ」

いきなり夫が言った。悦子は、この「お前、どうかしてるぞ」に、むくむくと怒りが生じた。お茶がどうした？　それって、今、言うこと？　文句あるなら、自分で淹れればいいじゃない。なによ、その上から目線。こっちが不機嫌になれば、へいこらご機嫌取りして、人前だと偉ぶっちゃって。だいたいなにも自分で解決ができないもんで、妻の実家の母親に家族のごたごたを丸投げしちゃってるくせして、「あなたこそ、どうかしてるぞ」でしょうに。

悦子が、ぷいと横を向くと、健は慌ててキッチンに飛んで来て猫なで声で言った。

「聞けばどこの家も大変なんだな。な、でも、よかったじゃないか。みんながカミシモを脱いで、本音で話し合えばいいんだから。な、これで、いい、これでいい。な、な、悦子」

夫が悦子の肩を軽く叩いた。

悦子は、なんとか気持ちを静め、不自然なほどの明るい声で周りに告げた。

「では、落ち着いて話し合いましょう。私たちの子どもたちのことですものね。今、私が心の落ち着くハーブティーを淹れますね。ベランダでカモミールを摘んできま～す」

夫の健が、なんだ、それ、という表情を見せたが、悦子は無視した。

私もやりたいようにやるんだから、周りのことなんかかまっていられないわ。

混乱をきわめているリビングを一人ですいと抜け出し、二階のベランダに出ると、心地の良い風が吹いていた。

悦子は思った。

物事って、こんなふうに予期せぬ出来事がきっかけで、思いがけない展開をしていく。なにかが淀んで動かなくなるのは、動かすまいとしている自分が、そこにいたからだったただけなのかも。悦子は、晴れ晴れとした気分で、初夏の澄んだ空を見上げた。

朝の六時きっかりに目覚めた妙は、急ぎ身支度を済ませて、キッチンに入った。前夜、タイマーをかけていたので、ご飯は炊けている。鶏のつくねに、インゲンの胡麻和え、ほうれん草入りの卵焼きに、プチトマトを添えて……、と妙は素早く頭を巡らせ、お弁当作りを開始した。

二階は、まだ、しんとして誰も起きてくる気配はない。

そう、妙の生活は、半年前とは激変していた。五十代の息子が、実家に戻ってきたかと思うと、今度は孫娘が家出してきた。あれよあれよというまに、妙の朝は慌ただしくなり、何十年か前の母親現役時代に舞い戻ってしまったのだ。

せっかく気ままな生活を楽しんでいたのに、と妙はふと、思ったりする。

一人暮らしには、なんの制約もない。朝も目が覚めた時に起きればよかった。まだ夜の明けきらない四時とか五時に目覚める時もあれば、夜更かしした朝など、目を覚ましたら、すでに日が高くなっていた、なんてこともあった。

家事も適当にこなしていた。洗濯もしたりしなかったり、掃除もしたりしなかったり。流しの洗い物だって、明日でいいわ、と寝てしまうこともあったわよねえ、と妙は思う。

世間では、高齢者は規則正しく、地道に暮らしていると思われているようだけれど、そんなことはないのだと、妙は老いて初めて気が付いた。

高齢になればなるほど、その日によって、気力があったり、なかったりということが起きる。今日は、なんてテキパキと物事がこなせるの！　ということもあれば、まったくやる気の出ないこともある。

それが……、なんでこういうことになったのでしょう、と思う。

誠司が実家に戻ってきてぶらぶらしていた時は、まだ、よかった。ところが、彼が、何を思ったのか、スーパーの駐輪場でバイトなどを始め、家出してきたアキも自立を目指すとかで、毎日、介護ヘルパーの養成講座などに通い始めてしまった。

さすがに、妙一人が、自堕落《じだらく》に暮らしているわけにもいかなくなった。

性分と言うべきか、母親のサガと言うべきか、祖母のプライドと言うべきか、「ばあばもね、応援しなくちゃね」と言ってしまったのが、あだになった。いつのまにか朝のお弁当作りはばあば、と担当を振り分けられてしまったのだ。

やっぱり私が必要ね、と張り切る気持ちもあるが、やれやれ、とんだことになっちゃったもんだわ、とため息の出る日もある。

気分は、その時々で変わるのだが、この二か月ほど息をひそめるようにして、ことの成り行きをじっとうかがっていた娘の悦子も、再び、誠司やアキの問題に絡んできそうな気配でもある。

昨夜、勢い込んで電話をかけてきた悦子が、妙に張り切っていたのだ。

「母さん、聞いてよ。聞いてよ。私、もうびっくりよ。アキがなにも言わないから知らなかったのだけど、ヨシオ君の両親ったらね……」

例の話である。

どの家もなにかしら問題を抱えているのよ、親子とか、夫婦とか、ほんと、一筋縄ではいかないものねえ、とさりげなく言ったが、悦子は、まるで鬼の首をとったように晴れ晴れとしていた。

「でも、母さん、思わない？　夫を捨てて、息子夫婦と同居しようなんて、フツウ考えないのに、あちらさんって非常識よねえ」

さすがに、妙は、その話はもうアキから聞いて知っていたわよ、とは言えず、へーっ、そうなのね、びっくりねえ、などと適当に相槌《あいづち》を打っていたが、悦子が余計な口出しをして、これ以上、ややこしいことにならなければいいが、と思った。

そうこうしているうちに、アキが、階段を勢いよく駆け下りてきた。

「ばあば、おっはー。今日のお弁当、なに？　ひゃああ、つくねだあ。ばあば、大好き〜」

アキに抱き付かれて、妙は声を上げた。

「ちょっと、アキったら、そんなにぴょんぴょんはねないの、お腹にいるんでしょう、ベイビーが。あなたのママがね、昨日、電話でアキは順調かって。今が大事な時期なのに、講座に通って勉強するなんて大丈夫かしらって、心配していたわよ」

「え〜っ、ママが？　パパは完全にシカトされているって言ってたけど、ばあばには、いろいろ言うんだね。仲良しなんだねえ」

アキが、肩をすくめて続けた。

「私とママはね、全然、駄目なんだよ。ママの顔を見ると、なぜかアキは、イラついてつっかかって、文句言っちゃうの」

「そうなのね、でも、ばあばと悦子もそうだったわよ。あの子には、往生したもの」

「ママが？」

「そう、母娘には、ありがちなのよ。あなたのママが電話で言ってましたよ。娘はね、母親をがんがん攻撃して、ボロ雑巾みたいに一度しちゃわないと、自立できない存在だって、なんかの本に書いてあったって。自分もお母さんに、酷いことたくさん言った時期があったけど、そういうことだったのかと、今さら思うわって」

「へ〜っ、そうなんだ」

「でね、ばあばに、ごめんね、ですって」

「うそーっ」

「うそーっ」

妙が、アキの口調をまねてからかうように言うと、「それにしても、ママ、全然現れない」と、アキがぼそりとつぶやいた。

第四章　もう一つの家族かも

いつものように誠司とアキが出掛けてほっとした朝のことだ。

後片付けを放り出したまま、妙が一人でコーヒーを飲んでいると秀二がやってきた。

珍しく白と紺の野球帽などをかぶって、なにやら張り切っている。

「あら、どうしました？」

妙が聞くと、彼が楽しそうに言った。

「いやあ、今日はね、久しぶりに市場に行ったもんだから、直接、こっちに持ってきた方が早いと思ってね、それに、妙さんが出掛けちゃっても困ると思ってね」

誠司が実家に戻って以来、さすがに遠慮して、妙の家から足が遠のいていた秀二だったが、アキが来てからは、逆に足しげく顔を見せるようになっていた。

人なつっこいアキは、秀二に会ったとたん、「ばあばの彼氏の秀じいさんですね」などと言って、すぐに携帯電話の番号を交換してしまった。そして、なにかと連絡するようになった。

自分が祖母の家に押しかけて来たせいで、秀二が妙の元に来られなくなったら、申し訳がないと気にかけたようだった。

秀二が、二、三日来なかったりすると、妙に断りもなく勝手に電話をした。「妙さんが、寂しがっておりますもので」と言って、夕食に引っ張り出すようなこともした。おかげで、妙と秀二は、いつのまにかパートナーとして、周りに公認されてしまった。アキの様子を見にやってくる健まで、まるで彼を親戚の一人のように扱うようになっていた。

そんな秀二のために、妙がいそいそとコーヒーを淹れ直しに立った。その間、秀二は、市場で手に入れてきたという鯛を冷蔵庫に入れたり、「これ、いい匂いだろう」と言って、香草を妙に嗅がせたりした。

「あら、秀二さんが、今日は、夕食を担当するってことかしら？」

妙が聞くと、秀二が嬉しそうに言った。

「テツヤ君に約束をしましてね」

「あら、テツヤって、あのテツヤ？」

「はい、妙さんのお孫さん」

二週間ほど前、バイトの休みの日に、テツヤが遊びにやってきて、秀二の作った夕食を食べた後、二人で熱心に話し込んでいたのだ。

秀二は、一度も結婚はせず、子どもも持たなかったという話だから、妙の若い孫たちと話すのが、ことのほか嬉しいのだろうと思って、妙は二人の様子を眺めていた。

思えば、妙は、秀二とは幼馴染であったが、まるで、タブーのように、その後のお互いの人生の経緯を語り合うことがなかった。言ってみれば、秀二のこれまでの人生がどれほど苦難の連続であったか想像できるので、妙には、彼自らが口にしないことをあえて聞く気持ちが起きなかったのだ。子どもの時の秀二と今の老いた秀二、それを知ってさえいれば、妙は彼のすべてを知っている気持ちになれた。

「それで、テツヤとどんな約束をしたの？」

「僕の作ったカルパッチョを食べさせるよ、ってね。彼は、今晩来るそうだよ。電話があったんだ」

「電話？　今晩？　カルパッチョ？」

「実は、テツヤ君は、料理人になりたいらしいんだよ」

妙は、思わず声を上げた。

「それで、あの子、レストランで、バイトしているのね。でも、もう二十七よ。大学出て三年も就職もせずふらふらしてたんだし、それって本気かしら？　ちょっと、言ってみただけかもしれないわよ」

秀二は、動じることがなかった。

「たとえそうでも、約束は約束だから」

それから、懐かしそうに付け加えた。

「僕はたいした料理人じゃないけど、カルパッチョは、昔、先輩のシェフに習ってね。オリーブオイルなんかが、そうそう手に入らなかった時代だったけどねえ」

妙は、びっくりした。

「秀二さんって、料理人だったの？」

「ただの食堂のオヤジさ。昔のことだよ」

そうか、と妙は納得する思いがした。料理の手際がよく、あまりに上手なので、好きなんだなあとは思っていたが、料理人をしていたとは思いつかなかった。再会した時、いろんな仕事をしてきたと彼は言葉少なに言っていたが、そのいろんな中に、料理人も入っていたのだ。それだけで、また少し、妙にとっての秀二像が変化した。おまけに、妙の淹れた朝のコーヒーを飲む秀二が、この日ばかりはいつもとまるで違ってもいた。

妙の目の前に座っていても、落ち着いていられない様子で、心ここにあらず。「あっ、あれ、どうするかだな……」「ま、それは、いいんじゃないか」などと、勝手に自問自答したりしていた。物静かで控えめな彼にもこんな面があったのか、と妙は驚いた。「ねえ、秀二さん」と話し掛けても、聞こえているんだか、いないんだか……。「はいはい」と上の空で返事をして、勝手に一人で楽しそうにしている。

「ねえ、カルパッチョって、なんなの？」

この台詞でようやく妙の方を向いた。

「洋風刺身だよ」

「まあ、お刺身の洋風だなんて、想像もつかないけど」

妙は声を上げたが、いつものように彼からは詳しい説明もない。

秀二はコーヒーを飲み終わると、「さて、こうしてもいられない」とつぶやき、テーブルにあった愛用の帽子をとると、そそくさと玄関に向かっていった。

「ともかく、妙さん、今日の夕メシは、僕に任せてよ。なにもしないでいいからね。ワインもパンもパスタも全部、準備して、また来るから」

「えっ、何時に？」

「四時頃かな」

妙があっけにとられている間に、秀二が弾む声を放って出ていった。

秀二のはしゃいだ気分の残るリビングで、「おお、七十七歳、元気のいきすぎジャン」などと、妙はわざとアキの口調をまねて肩をすくめると、気を取り直して朝の片付けに入った。

夕方には、誠司もアキも帰ってくる。テツヤも来るらしい。食器を洗いながら、この際、悦子夫婦も……との思いが頭をかすめた。が、いやいやいや、そこを我慢、我慢、と妙は自分を制した。悦子からは、あれから電話もない。家にもまったく顔を見せない。ヨシオの両親がやってきたあの一件で、アキとヨシオの関係に介入してくるかな、と思ったが、悦子はいまだに「じっと我慢」を守り通している。妙もどうなることかと心配しているが、子どもの家族のことは自然の成り行きに任せ、自分はただ来る者は拒まず、去る者は追わずでいよう、そう決めていたのだ。

でも、息子や娘というものは、いくつになっても親の自分には気にかかる。どうしようもなく気にかかる。孫たちも気にはかかるが、自分が育てた子どもへの気持ちは半端ではない。あちらは六十代にならんとしていて、こちらはすでに八十代だというのに。親であることからは、さらりとは降りられない。これは、妙には思ってもみなかったことだった。

ともあれ、それぞれの課題は、それぞれに返す。責任をとるべきことは私自身のことのみ。そう思い切らねば……。それは秀二から学んだことではあるのだが、一人暮らしを続けたこの三年で、妙にも身につきつつあった。おかげで、一人でいるのが寂しいとか、家族にはこうしてほしいのに、とか、周りにいらぬ期待を持たずにいられるようになった。心が鍛えられてきた気がする。そう、老いるほどに。このことは秀二が、苦難の人生を生き延びてくる中で身につけてきた生き方なのだろう、と妙は思う。

それにしても、老いて知ることが、なんとたくさんあることか。

妙は、「カルパッチョ、カルパッチョ」と唱えながら、朝の片付けに続き、リビングの掃除に入った。

すでに夏の盛りに入っている。

エアコンを止めて、ガラスの引き戸を開け放すと、庭からは気の早い蟬《せみ》の声が聞こえてきた。

思えば、三年前、夫が逝った後、私の人生もこれで終わったと思って、一人、庭にたたずみ蟬の声に耳を傾けた夏があった。

それがどうでしょう、と妙は、泣き笑いの気分になった。先の読めない人生の大展開がまだまだ続いているわ、と。

夕方の四時過ぎである。

玄関のチャイムが鳴った。秀二かと思ったら、テツヤだった。

彼が、「差し入れです!」と言って、大きなスイカを持ってきたので、妙は、びっくりした。

「まあ、なんて気が利くの。ちょうど、みんなが来るのならスイカでも買いに行こうかしら。でも重いし、なんて思っていたところだったのよ」

「ほら、いろいろお世話になっているから」

「誰が?」

「アキとかボクとかが」

「誰に?」

「ばあばや秀二さんに。それから誠司おじさんにも」

「あら、誠司にも」

「うん、この間、サラリーマン生活の人生におけるメリット、デメリットについて、よくよく教えてもらったし」

「まあ、そうなの」

妙は、テツヤのこんな台詞を親の健や悦子が聞いたら、泣いちゃうわねえ、と思っておかしくなった。ほとんど口を利かない、話し掛けただけで不快な顔をする、と悦子がいつも愚痴っているテツヤなのだ。

「秀二さん、遅いね」

「あら、待ち合わせていたの？」

「ううん、四時頃には、行ってるって聞いていたから、仕込むのを見ようと思って」

「カルパッチョの」

「あれ？　知ってるんだ」

「西洋刺身でしょう。それより、テツヤは、シェフになりたいんだって？」

「秀二さんって、ばあばにはなんでも言っちゃうんだね。あんないい店を人に貸しちゃってはいるけど、もう体調もいいみたいだし、また、やればいいのにね。ま、七十七歳って、微妙な年齢ではあるけどさ」

あんないい店？　体調？　思いがけない話に妙は混乱したが、かろうじて、心の動揺を抑えた。が、「そうねえ」とテツヤに生返事をしながら、次第に動悸が激しくなった。

そこへ秀二が、いきなり入ってきた。紙袋をたくさん携えている。急いできたらしく、顔が上気している。妙を見て、一瞬、照れたように微笑んだ後、はずんだ声で言った。

「おお、テツヤ君、早いじゃないか」

「いやあ、師匠の仕込みを見せてもらおうかと思って」

「なんだい。師匠は、よせよ。今日の料理は、見せるほどのもんじゃないよ。今朝さ、築地でいい鯛を一尾、手に入れたからね。料理は、素材次第だから、今日は、うまいのが食えるぞ」

「楽しみだなあ」

妙が、胸を押さえてかろうじて言った。

「秀二さん、腕を振るう前に一休みしたら？　まず、シャワーで汗を流したら？」

そして、洗濯して取り込んだばかりのTシャツを指さした。

「これ、秀二さんが誠司にあげたシャツよね。借りてもいいんじゃない？」

「そうするかな」

先日、秀二が自分の古いTシャツを、紙袋にいっぱい持ってきたので、聞いてみると、誠司に頼まれたという。

誠司は、実家に戻ってきて、半年。すでにお金を使い果たし、夏物のシャツも買えないでいたらしい。それで、スーパーの駐輪場でアルバイトを始めたのだ、と妙は、やっと気が付いたのだ。

どうも、妙を巡る男たちは、肝心なことをなにも言わない。

よく言えば、居候の身で、妙を心配させたくない、という配慮。悪く言えば、弱みを見せたくないという意地。おかげで、息子の誠司の身にも、幼馴染の秀二の身にも、今なにが起きているのか見当もつかない、と妙は思う。

そもそも誠司が突然、実家に戻ってきた事情を知らない。長くメル友として付き合っていた秀二が、いきなり妙の目の前に現れたわけも。

でも、妙は、あえて聞くまい、とあらためて自分に言い聞かせた。

言いたくないことは言わなくていい、関係が心安らかなら、それでいい、と。

夕食の支度から解放されている妙は、リビングのソファに座って、朝、読みそびれていた新聞を手に取った。

しばらくすると、キッチンからシャワーを浴びてきた秀二とテツヤの楽しそうなやりとりが聞こえてきた。

「やっぱり、香草は、ディルですかね」

「イタリアンパセリとバジルは、店の裏庭から摘んできたんだけどね、ディルは近所のスーパーにもなくてね」

「わざわざ買いに行ったんすか？」

「そうそう」

「この香り、ほろ苦さ。使うと、いよっ、イタリアン！　って感じになりますよね」

「ボクはね、ディルのこの鳥の羽のような繊細な葉の形がね、好きなんだよ。白身の魚にこれがのっていないと、料理にならないね」

「確かに芸術的。あるとないとじゃあ、料理の美しさが違う」

「そういうことだね」

「おおっ、今日のワインはフランチャコルタのロゼときましたか。実は、飲んだことないスよ、ボク」

「ボトルの形がねえ、好きなんだ、色っぽいんだ。なんかいいことがあった日に、妙さんと二人で飲めたらいいな、と思って取っておいたんだけどさ。今日、もうみんなで飲んじゃえってさ、思ったわけよ」

　そうなんだ、秀二は、そんなにもこういうことが嬉しいんだ。妙はそう思うと、涙が込み上げてきて嗚咽《おえつ》しそうになった。

その晩は、アキも誠司も、まっすぐに妙の家に戻ってきた。途中で出会ったとかで、二人、連れ立って帰ってきた。

玄関からリビングに入るなり、まず、アキが歓声を上げた。

「なに、これ！　ばあば、なんかの記念日！　誰かがどうかした？」

食卓には、カットワークレースをあしらった白い古風なテーブルクロスがかけられ、グラスや取り皿が美しく並べられていたのだ。

「秀二さんが夕食当番って聞いたけど、こりゃあ、すごそうだな」

誠司も目を見張っている。

「キッチンであんまり張り切っているから、ばあばもね、とっておきのテーブルクロスを出したくなったのよ」

「へ〜っ」

アキが、なにか心を打たれたように、その場に立ち尽くし、テーブルに飾られた庭の青いセージの花を見詰めていた。それから、白い麻《あさ》のワンピースを着て装っている妙に目を移し、「ばあばも、素敵」と声を上げた。

「さあさ、あなたたちは手を洗ってきて」

妙の掛け声で、みながばたばたと動き出し、いっきに、家の中が華やいだ。

妙、誠司、アキ、テツヤが食卓に着くと、秀二が恭《うやうや》しくワインのボトルを持ってきて、慣れた手つきで栓を抜いた。

「わお、なんてきれいなの」

グラスに注がれたバラ色のワインから、細かな気泡がたった。

「このスパークリングワイン、秀二さんが、ばあばのためにとっておいたワインなんだ」

「そうなのね、今日は、秀じいとばあばの記念日なのね」

「そうじゃないわよっ、アキ。なんでもない日なのよ、本当よ」

「ええっ、だったら、今日、アキの旅立ちの日にしてもいいってわけ？」

「ほほう、アキちゃんは、どこへ旅立つつもりなんだい？」

秀二が、ワインを手に楽しげに聞くと、彼女が肩をすくめ照れたように笑った。

「う～ん、どこだろう。まだ先が見えないけど、なんか勇気が湧いてくる。そうだ、今日は、それぞれの旅立ち記念日にすればいいわね。誠司おじさんは、どこに旅立つ気なの？」

誠司が、ウッと言葉に詰まり、その様子に妙が笑った。

「テツヤは？」

アキが、立て続けに聞くと、

「ほっとけよ、姉さんには言えないよ」

テツヤが答えた。

「じゃあ、みんなの秘密の旅立ちに乾杯！」

アキの台詞に、一同が、戸惑いと複雑な表情を見せつつ、「乾杯！」と唱和した。

続いて、食卓にどんと大皿の鯛のカルパッチョが置かれた。

誰もが驚いた。

盛り付けといい、食したその味といい、まぎれもなく、プロのシェフのなせる業だったのだ。

「こんなの食べたことないよ」とアキがつぶやき、「すごい、本物だな」と誠司が声を上げ、テツヤが「ボクさ、秀じいの弟子になるって決めているんだぜ」と誇らしげに宣言した。

「秀じいが、シェフだったなんて、ばあばときたら、全然言わないんだもん。私、全然知らなかったわよ」とアキが、「全然」を強調して言うと、妙がさらりと答えた。

「ばあばもね、今日、知ったのよ」

「うそーっ！」と叫んだアキの一声で、みな、一斉に秀二を見詰めた。まるで糾弾《きゅうだん》するようなまなざしだった。

「ばあばが知らないって、そりゃ、駄目だよ」

テツヤが、きっぱりと言って席を立つと、「パスタはボクが作るから、秀じい、ばあばに話してあげてよ、いろいろさ。それ、大事だと思うよ」と言い置き、キッチンに入っていった。

「聞きたいよ〜、私も秀じいのこと。だって、今、私たち家族みたいなもんじゃん、ねえ、ばあば。そもそも、ばあばとどこで知り合ったのよ。そのことだって、知りたいよ」

妙は、小首を傾げるようにして黙っていた。悦子や誠司、子どもたちからも、思えば夫からも、自分の過去の話に関心を持たれたことはなかったからだ。

「いや、こりゃ、参ったな」

秀二も本気で当惑している様子だった。

「別に、僕は妙さんに内緒にしていたわけじゃないんだよ。なぜか言う機会もなくて……。それに、僕はシェフとかそういうしゃれたもんじゃなくて、いろんな食堂やらレストランで働いてね。ほら、食堂関係だとメシが食えるってわけでね。ま、それが……」

「そうね、私たちは、とってもひもじい思いをした世代だから」

妙がそう言うと、秀二もうなずいた。

「妙さんとは幼馴染というか、学童疎開で信州の寺で過ごしていた頃、一緒だったんだよ。妙さんは同じ班の上級生のお姉さんだったのだけれど、とても優しくてねえ。いつも、いつも、かばってくれて……。ま、いろいろあったんだよなあ、僕らは」

「そうね、いろいろあったわねえ」

アキが驚きの声を上げた。

「そんな、昔の知り合いなんだあ」

誠司も、感心したような声を発した。

「じゃあ、二人は父さんよりもずっとずっと長い付き合いだったんだあ」

「いや、いや、そうじゃないんだ。誠司君。空襲で、東京の家が焼けてね、家族も全滅しちゃって。僕は、疎開している間に、戦災孤児になっちゃったんですよ。で、それ以後は、お互い消息も分からずじまいになってしまい、再会したのは、ほんの三年前で……、そうだったよね、妙さん」

「そうね」

妙が、それしか言いようもないと言うように、相槌を打った。

アキも誠司も、予想もしなかった話の展開に、呆然としていた。

「再会前に、僕の疎開の思い出を書いたブログを妙さんが偶然見つけて、メールが来て」

「そう、不思議な縁よねえ。あり得ないような。それで、あっ、秀ボウだって、もう嬉しくなっちゃって。ずっと、心配してたから。結構、長くメル友だったのよね、私たち」

妙が感慨深い調子で答えた。

「あれ、ブログ？　メル友？　いやあ、急に話が新しくなっちゃったなあ。八十代と七十代で、やるねえ」

誠司が高揚した声を上げた。

「それで、秀二さん」

妙があらたまったように秀二に聞いた。

「テツヤから、今日、ちらっと耳にしたのだけれど、秀二さんはレストランをやっていたって、本当なの？」

秀二が頭をかいた。

「まあ、そうなんですが、実は、五十代の時に、やっと小さな店を持ったのだけれど、いろいろやって、最後の方は、ちょうど流行り出したイタメシ屋にしてね。僕としては、打ち込んでいたけれど、料理は自己流なんだよ。それで、いろいろなことがあって、精神的にも参って、病気で入院しちゃったりね」

秀二が、深々と息をついた。

「それで、年も年なんでね、引退したんだ。店は、知り合いに貸したというか任せたというか。だけど、店からは離れがたくてさ、僕は、店の二階にまだ住んでいる。だけど、あんまり未練がましいのはねえ。そんなこんなで寂しくなっちゃってさ。妙さんに無性に会いたくて、どうしようもなくなって、迷惑だろうと思いつつ、あの日、会いにきちゃったってわけ。妙さんはなにも聞かないから、僕もずっとなにも言わなかった。それだけのことなんだ。言ってもつらいばっかり。妙さんといる時は、忘れていたいんだよ」

「いいのよ、こうやって、なんかの折に、そうだったのね、ってちょっとずつ分かっていくのも、なんかいいじゃないの」

「まあ、そういうことかね」

妙と秀二が、二人だけで話しているようにお互いうなずきあった。

その様子を、息子の誠司と、孫のアキが、息を詰めるようにして見詰め、そして、聞き入っていた。

そのみんなの目の前に、テツヤがキッチンで仕上げてきたパスタの大皿をどんと置いた。

「さあ、食べて、食べて。ソースは、秀二師匠が生バジルで、さっき作ってくれたんだけどね、ボクのパスタのゆで具合は、どうかなあ？　師匠、点検してください」

秀二が、味見をして言った。

「まあまあかな。そう簡単には、ＯＫは出ないぞ、テツヤ君」

「そうよ、テツヤは、まだ修業を始めたばかりなんだから。これからが苦難の道よねえ。やれるの？」

　誠司が言葉を添えた。

「やれるやれる。よかったよ、テツヤ君、秀二さんに会えるなんて。これで人生を切り拓いていけって、言われているみたいなもんじゃないか。人生って、なにが起こるか分からないね。すごいや。うらやましいよ、ずいぶんと過ぎちゃった人生の途上で、またまた立ち迷っている俺としては」

「ママやパパが、今日のテツヤを見たら、感動して泣いちゃうよ」

　アキがしんみり言うと、急にあらたまったように秀二に向かって頭を下げた。

「秀じい、弟をよろしくお願いします。それから、ばあばを幸せにしてください」

「アキ、なにを言っているの。私は今が一番、人生で最高の時ですよ」

　妙が笑いながら言うと、秀二は、まるで泣き出しそうな顔で固まっていた。

　誠司が、妙の耳元で囁《ささや》いた。

「母さん、心配かけてごめん。俺、一度、名古屋に戻って、家族と話し合ってくるから」

　妙は、息子のその言葉に、安堵したように大きくうなずいた。

悦子は、朝食の片付けを手早く終えると、食卓に頬杖をついて、いつものように考え事にふけった。

夫の健は、早々と出掛けている。

彼は、定年を迎えたが、後進の指導ということで、まだ週三日も会社に通っているのだ。やれやれ――とため息をついているが、まだ行く場所があることにほっとしているようだった。

悦子も、ほっとしている。問題山積みのこの家で、毎日、夫と顔を突き合わせるのは、ちょっとねえ、というのが正直な気持ちだ。なにしろ、アキの家出が発覚して以来、まるでジェットコースターに乗っているかのような日々だった。それが、いつのまにか落ち着いてしまった。いい方向に向かっている、よかった、よかった、と夫は嬉しそうに言うけれど、でも成り行き任せにしてきたらこうなったというだけだわよねえ、と悦子は思う。それにしても、自分には考えるべきことが山のようにある気がするのに、毎日堂々巡りで、らちもないことばかりを考えて、時間を無駄にしている、という気もする。

それでも、この一人で「考え事にふける感じ」が、最近、悦子は気に入っている。ほとんど、癒しの時間と言った方がいい。と思った瞬間、不意に智子の顔が浮かんだ。

「一人でいても全然、私、寂しくない。ぼーっと、考え事しているのがすごくいい」

智子は、よくそう言っていた。

その智子との関係が、ぷっつり切れたままだ。なにかある度に電話で愚痴を垂れ流していた相手。親友と思っているその智子が、いくら電話をしてもやっぱり出ない。留守電にメッセージを残しているのに連絡もない。それがついに半年にもなった。連絡が取れなくなって、携帯電話の番号も聞いていなかったことに気が付いた。これでは、手紙を書くか、訪ねて行くかしかないじゃないの、と思うが、住所も知らない。智子が、夫が定年になったとたん、引っ越してしまったからだ。

子どもが結婚して、二世帯住宅になって、孫の世話で疲れ果てる、そんな老後コースにはまるのを全面回避するために自宅を即刻売却するよう夫を説得したのよ、なんて、勇ましいことを言っていた。海の見えるリゾートマンションで、読書と趣味の日々。「遊びにおいでよ」、「行く行く」と言いながら、住所も聞かないままになっていた……。

今は、長期の旅に出ているのかもしれない。彼女のことだから、豪華客船で世界一周とか。

確か、都内にも小さなマンションがあって、定年後、夫はそこで起業をして楽しくやっている、いわば趣味ね、と言っていた。彼は平日はそこに泊まり、週末に伊豆で合流。定年後の夫とは、その距離感が程よい、とか。六十代は、それぞれにやりたいことをやって、七十代になったら少し寄り添って、八十を過ぎたら、いやでも助け合うしかないんだからね、と。

悦子は、彼女のそんな暮らしをうらやんでいるというわけではない。でも、即決断し、即行動に移す。その潔さをいつもうらやんでいた。

ぼやぼやしていると、主婦からも母からも降りられず、たちまち親の介護、夫の介護へとなだれ込む。そういうことになりかねないのが私。そう思って、悦子が深々とため息をついた時だった。

「母さん……」と声がした。

顔を上げると、目の前にテツヤがいた。

不意を突かれ、悦子は、悲鳴を上げた。

「なんだよ。びっくりしすぎ」

テツヤが言った。

「だって、いきなりだから」

それに、息子から声を掛けられるなんて、久しくないことだったし、と口には出さずに付け加えて、うつむいた。悦子は、考え事にふけっていた無防備な姿を息子に見られて動揺している自分が情けなかった。

胸の動悸が止まらない。こんなことでビクつくなんて、息子ごときに……。悦子は、そう思い返してできるだけ余裕たっぷりな顔で尋ねた。

「コーヒーでも、飲む？」

「はい、いただきますよ～」

テツヤが答えた。

成人した息子と話すのは、気を遣う。誰もがそうだというわけではなさそうだけれど、悦子はいつの頃からか、テツヤがいると、もうそれだけで緊張するようになった。母親が、自分に対して緊張しているのだ、などとは、彼の方はちらっとも思っていないに違いないが……。

今や、夫といる方が、ずっとお気楽になってきた。それは自分が老いてきたということかしら、と悦子は思い始めている。

それにしても、あんなにも母親の私を頼りにしていた息子が、だんだんと一人立ちしてどんどん他人になっていく、などと感慨深く思いながら眺めてみると、テツヤがいつになく穏やかな表情をしていることに気が付いた。

カウンター越しに、母親がコーヒーを淹れるのを見ながら、「いい香りだなあ」なんてのどかに言っている。

コーヒーを淹れたらお礼を言われたりして、と思いつつ、悦子がカップを置くと、案の定、「ありがとう」とテツヤが言った。

ついに悦子が尋ねた。

「それで？　なに？」

「なにって、なに？」

「なにか、言いたいことでもあるのかな、と思って」

「うん、当たり」

「アキのこと？　最近、様子を見に行ってくれているって、父さんが言っていたけど」

「姉さんは、別に心配いらない。勝手に前向きに生きているから」

「なるほど、勝手に前向きねえ」

「それより母さんは、秀二さんと会ってあげたらいいと思うよ。ばあばのために。いや、会ってほしい」

悦子は、ドキリとした。

「秀二さんって……」

「そう、秀二さん。聞いてるよね。ばあばの幼馴染の彼氏」

「幼馴染！」

悦子が、思わず、声を上げた。

「そうなんだよ、この間、いろいろ聞いてね。いろんなことが分かった。二人は、とても大切な関係なんだ。お互いに必要なんだ。ボクは、そう思った」

悦子は、面食らったまま、テツヤの気迫に押されてうなずいた。

「それに、秀二さんは立派な人だし、すごい料理人で、ボクは師匠と思っている。いろいろお世話になっている。今や、ボクらの中で彼に会っていないのは、母さんだけだから。それが、気になっているんだ」

「ちょっと待って、そのボクらって、誰よ」

「誠司おじさんとアキとボクと父さん」

悦子は、なんと答えていいのか分からなかった。

いやよ、自分の母親の男友達となんか、絶対、会いたくないわよ、とは口には出せなかった。

ただ、うん、うん、と無造作にうなずきながら、「テツヤは、本気で、料理人になろうって思っているわけなのね」とおそるおそる聞いてみた。

テツヤが答えた。

「いろいろ、心配をかけていたと思うけれど、やっと、自分がやりたいと思うものに出合った気がするんだ。修業がつらくないわけではないけれど、つらくてもかまわないと思える」

「そうなんだ」

悦子は、テツヤとの間に、まともな会話が成立していることに、思いがけないほどの感動を覚えていた。

「秀二さんに、キミには料理のセンスを感じるって言われたし。美味しいものを食べてもらうって、ささやかだけれど、相手を幸せにすることだと思うし。頑張ってみようと思っている」

テツヤの話に悦子は、気を許したらもうほとんど号泣しそうだった。

うん、うん、とうなずくだけで、言葉を発することができなかった。

いろいろ心配かけていたと思うけど、なんて、あのテツヤに、いや、このテツヤに言われる日が来るなんて、ほとんどあきらめていた悦子だったのだ。

「母さん、ボク、バイト行くから」

悦子はまた、うなずいた。

「じゃあ、母さんは、秀二さんに会うね」

念を押されて、また、うん、うん、と一応うなずいてみせて、テツヤが家を出ていったとたん、悦子は食卓に突っ伏して泣いた。

そして、思った。これぞ人生の醍醐味なんじゃないの、と。スムーズにいかない子どもに散々悩んでいた母親だからこそ味わえる感動。そう、のっぺらぼうな安定よりも、実はこういった起伏に富んだ日々こそが私の人生を彩っている、などという思いを悦子に抱かせたのだった。

それは、これまでにはなかった心境だった。

悦子は、「今日の夕ご飯は頑張ろう」と脈絡なく思った。

「美味しいものを食べてもらうって、ささやかでも相手を幸せにすることだと思うから」

頑張っても張り合いのない夫の顔を思い浮かべながらも、テツヤの口からこぼれ出た台詞を、声に出して何度もつぶやいたのだった。

第五章　私たちのオムライス

家を出たとたん、身震いがした。

「あら、なにか羽織るものがいるわ。この間までの残暑が、嘘みたいじゃないの」

とぶつぶつ言いながら、悦子は家に戻った。

そして、階段を駆け上がり、二階の部屋のウォーキングクローゼットを開いた。母からもらった黒のニットジャケットが、いきなり目に飛び込んできた。

なんだか、ため息が漏れた。動悸もしている。二度、深呼吸をしてみた。でも、落ち着こうとすればするほど気力が萎えていく感じだった。

テツヤに熱意を込めて秀二に会うように言われたものの、どうしてもその気になれない。さすがにこのままずるずると引き延ばしていてもいいわけがないと、実家に顔を出す決心をしたが、いざとなると予想以上に悦子の気持ちは乱れてしまった。

落ち着こうと、しばしクローゼットの前に座り込んで考えた。

娘のアキが心配で、すぐにでも飛んでいきたいのをじっと我慢し続けていたつもりだったけれど、本当は状況の激変についていけなかっただけかも、私。アキのことはアキに任せる、なんて偉そうに言って、事態から目をそむけていたかっただけかも。うらん、本当はアキのことよりも、母さんに彼氏がいたことの方が、私にはショックだったのよ。きっと。でも、母さんにいい人がいて、娘としては、よかったねえと寿《ことほ》げばいいわけで……。いい歳をして、なによ、なんて私が思っているのだとしたら、狭量《きょうりょう》というか、世間的な常識にかじりついているヤな女というか、心が自由じゃないというか……。そもそも、自分の娘が妊娠七か月だか八か月だかにもなっている時に、母親の彼氏がどうのこうのなんてことばかり気にしてて、ああ～、もう、そういうのはどうでもいいのよ、そうよ、好きにすればいいのよ、みんなっ。悦子は、クローゼットの前で、最近、習い性になっている自問自答を繰り返して、ようやく気持ちを立て直した。

そして、ジャケットをひったくるようにして家を出た。

外の空気は、ひやっとしていたものの、ひるむ気持ちを振り切って、猛烈な急ぎ足で駅に向かっていたら、額に汗が滲んだ。

そんなに、急がないで。落ち着いて。どうも、あなたは、せかせかしすぎね。

どこかで、母の妙の声がするように思った。

久しぶりの実家は、いつもと変わらないたたずまいでそこにあった。

事態がかくも激変しているのに、この落ち着き払った家の感じ。なあんだあ、というように悦子をほっとさせた。

玄関のチャイムを鳴らしたが、返事がない。鍵はかかっていない。

なにやっているの？　アキも、誠司もいるのに、不用心じゃないの、と思いつつ、庭の方に回ると、芝生にいつのまにかガーデンテーブルのセットなんかが、置かれている。

数えると、椅子が四つ。ほかにテーブルとベンチも。いずれも青銅風のアンティークなデザインで、悦子が、こんなの欲しいなあ、とあこがれていたものだ。

思わず椅子に腰かけて庭の木々を見上げると、母の植えた白樺の木が黄葉し始めている。その向こうには、青く澄んだ空が覗き、幼い頃、弟の誠司と庭で転げまわって遊んだ日の記憶が蘇ってくる。

いろんなことがあっというまに過ぎていく。その一方で、まるで、昔のことが、昨日のことのように近づいてくる。そんな感慨にふけっていると、ベランダの引き戸が急に開いて、妙の声がした。

「あらあ、悦子じゃないの」

「母さん、チャイム鳴らしたのに……」

「まあ、そう。二階にいたから、気が付かなかったわ」

「気が付かないって、鍵も閉めないで、不用心よ」

「誠司やアキに、出掛ける時は鍵をかけといてね、って言っているのだけど、しょうがないわねえ」

「このガーデンセット、素敵ね」

一呼吸して、悦子が言うと、妙が微笑んだ。

「そうでしょう、悦子が好きそうだわって、私も思ったのよ」

「高かったでしょう?」

「それがね、誠司が買ったのよ。スーパーの駐輪場のバイトで、お金が入ったとかで」

「ええっ、誠司がどうかした?」

「ほんとねえ、気の利かないあの子がねえ、びっくりよねえ。今、お茶を淹れてくるわ。そこで飲みましょう」

なにごともないような会話が自然に交わされ、悦子は、とことん拍子抜けしてしまった。

なんだ、いつもの母さんじゃないの……と。でも、妙が運んできたのは、ハーブティーだった。

「あら、これなに?」

「ローズヒップよ。アキがね、いま、凝っているのよ」

「へえ〜」

アキの名に、悦子はちょっとひるんだが、妙がさりげなく続けた。

「健さんから聞いていると思うけれど、アキは介護ヘルパーの講座に通って資格を取ったのね。今は、近くのデイホームに通っているの。利用者の方に、ハーブティーを淹れてあげて好評らしいわよ。ほら、いろいろ効能があるから、あなたにはこれって、ちゃんと考えて一人一人に淹れてあげて、すごく喜ばれているんですって」

「へぇ〜。でも、お腹がそろそろ」

「そう、もうじき七か月になるから、二時間だけボランティアで行っているの。生まれて落ち着いたら、きちんと働くと決めていて、その練習みたいよ」

「へぇ〜」

「あの子は、いろいろと考えているのよ。私も感心しているの。悦子、いい子に育てたわね。一生懸命、子育てしていたものね」

なによ、なによ、これ、どういうこと？　久しぶりの母親のあまりに優しい口調に、悦子の目に思わず涙が滲み、子どものようにしゃくりあげそうになった。

「ローズヒップはね、肌にいいんですってよ。アキから、もし、ママが来たら、淹れてあげてね、って言われているのよ」

悦子は深々と頭を下げた。

「母さん、いろいろ、ありがとうございます。助けられてばかりで」

妙が噴き出した。

「あらあ、悦子ったらやけに殊勝《しゅしょう》じゃないの。アキにはね、みんなが助けられているの。あの子は、ほんと周りを明るくするわ」

悦子は、ふう〜っと息をついて思った。

もう、これで決まり。アキ問題は、すでに決着がついているらしい。彼女は、今、懸命に自分の道を突き進んでいるわけだから、引き戻すなんてことは不可能。結局、成り行き任せが一番、よかったってことなのよねえ、と。

気の抜けたままで、ローズヒップの香りに心を預けていると、妙が言った。

「そろそろ、家に入る？　アキも帰ってくるし。ランチは三人で食べましょう」

「うん、そうね」

と答えて、悦子は、慌てて付け加えた。

「あっ、でも、秀二さんは？　今日、見えるよね？」

「秀二さん」なんて、一度も会ったこともない彼の名前が、あまりに自然に口をついて出たので、悦子は自分でびっくりした。

「それがねえ、最近、彼は人に貸している自分のレストランで、定休日にシェフを始めたの。今日は火曜だから彼の日よ。最初はね、店の人に言い出せないでいたのに、それが歓迎されちゃって」

「あら、そうなの？　来ないんだ……」

「彼は、男なのに強引なところがないから、人とうまくいくのね。ま、珍しい人よ」

「母さん、さすがねえ」

「なにが？」

「お目が高い」

「あら、あら」

　妙は、悦子が、息子のテツヤに「秀二さんに会うべきだ」と強く言われて仕方なく来たとは、夢にも思っていないようだった。それよりも、赤ん坊が生まれてしまう前に、アキに会いたくて、ついに悦子がやってきた、そう思っているらしかった。

　だったら、あえて、余計なことを言う必要はない。そう感じて悦子は、ガーデンチェアから腰を上げつつ、さりげなく妙に告げた。

「母さん、テツヤが秀二さんにお世話になっていて、一度、お会いしてお礼言った方がいいと思っているの」

「そうね。でも、この家に出入りしているうちに、彼には自然と会うのがいいのよ。それが、彼も気楽だと思うわ。テツヤとはなぜか、気が合って、おかげで彼の人生も蘇ったのよ。ほんと、人生って、すごいわねえ」

本当にすごい、と悦子も思った。停滞しているかと思えば、突然、展開したりする。まだまだ、気を抜いちゃあいけませんよ、と誰かに言われているみたい。

その時だった。

悦子が庭から家に入ったのと同時に声が上がった。

「きゃあ〜、ママだあ〜」

リビングのドアがいきなり開き、そこに、お腹の膨らんだ娘のアキが立っていたのだ。

悦子は、目の前のアキに向かってなにか言おうとして口をパクパクさせたが、声にならなかった。

「ええっ？　これがアキなの？」と、娘のあまりの変貌ぶりにびっくりしてしまっていたのだ。

アキは、気性はなかなかのものだったけれど、見かけは痩せっぽちで子どもっぽかった。でも、今や全体がふっくら。お腹が出ているせいもあって堂々としていた。しかも、肌が若くつやつやしていて、全体が光っているようで、美しかった。なんとか、悦子が余裕を取り戻し、なにかを言おうとしたとたんだった。アキがすかさず、お腹に手をやって叫んだ。

「あっ、動いた！　もう、すごい。いきなりお腹を蹴っちゃうんだから、この子。先が思いやられる。きっと、私みたいな子になるよ」

この先制パンチに、悦子は再び、気分がへし折れた。「わざとらしい。アキは、そうやって、今度も私をケムにまく戦略だわね」と悦子は思ったが、もうこの娘には、太刀打ちができない、そんな気がした。

「ママったら、なに、つっ立っているの。久しぶりの娘との再会に涙して、なんていうのは似合わないよう」

「なにを言っているの、ママがなんで涙しなきゃならないのよ」

「はい、はい、ま、お座りください。すぐに、可愛い娘がご飯を作りま〜す」

「あら、アキが作るの？　感心ね」

「そう、居候だから役に立たないと追い出されちゃうもん」

悦子が妙の方に目をやると、「こんな感じで、毎日やっているわけよ」と言うように彼女は微笑んでいた。

悦子は、アキに言われるままに、リビングの椅子に座った。

「ねえアキ、ご飯はまだ後でいいから、まずは、いろいろ聞きたいことがあるのよ」

「うん、でもね、ついでに夕ご飯の仕込みもするのが私のやり方なの。ばあばと話していてよ。ランチを食べながら、事情は説明するから。だってね、込み入ってるんだもん」

相談じゃなくて説明？　相変わらず一方的なんだから、と悦子は舌打ちする思いだったが、もう娘のアキに関しては、なにを言っても好きにやるんだし、とあきらめの心境だった。

妙が向かいに座って、覗きこむようにして悦子にささやいた。

「アキはねえ、ここで、子どもを産んで育てたいらしいの」

「でも、母さんにこれ以上面倒はかけられないし……」

「あの子にしてみたら、家に戻るのは挫折なのよ。きっと、くじけてしまうと思っているのよ。それなりに、自分は自力でやるんだ、誰にも迷惑はかけないんだってね、気を張っている。アキの気が済むようにしてやったら？」

「だけど、結局は母さんに迷惑をかけているじゃないの。それって甘えているってことじゃない？」

「でも、こっちは歳をとっているから、ばあばのことは、自分が助けているってつもりでいられるのよ。それがあの子を支えてもいるのよ」

「そこんところが、まだ子どもよね。高齢でも母さんは見事に自立した女なのに」

悦子がおかしくなって笑うと、「まあ、それって、ほめられているの？　あきれられているの？」と妙も笑い出した。

「なにを二人でひそひそやっているのよう」

キッチンから、アキの声がした。悦子が、大声で返した。

「久しぶりにね、ママも自分の母親に会えて、いろいろと話があるのよ」

「おお、仲良し。うらやましい～」

「あら、うらやましいだってよ」と悦子が言うと、妙が、肩をすくめてみせた。

ともあれ、アキの元気そうな顔を見て、悦子の肩の荷もすっと下りた気分だった。

そのせいか、ここのところ気持ちの底で気にかかっていたことを、妙に向かって打ち明けた。

「仲良くしていた智子がね、いくら電話しても出ないの。アキの家出騒動があった頃だから、もう半年も連絡がつかなくて……」

携帯電話の番号も、引っ越し先の伊豆のマンションの住所も聞いていなかったことに気付いて、連絡のしようもなくて、不安でいると話した。

妙が言った。

「歳をとるとそういうことがよくあるのよ」

「そういうことって？」

「不意に、知り合いが消えてしまうの」

「えっ、どうして？」

妙が言うには、一人暮らしをしていた友人が、誰にも連絡せずに消え、どうしたのかと思っていたら、実は身辺整理をして老人ホームに入居してしまっていたとか。

さらに、友人に認知障害が出て自分の存在を忘れられてしまっているとか、身内の誰かに引き取られたまま音信不通とか。そういうことが、ちらりほらりと出てくるのだそうだ。

「でも、智子はまだ六十歳になったばかりで、若いし。なにがあったのかなあ」

「そうよねえ。心配よね。でもねえ、悦子」

妙が、慎重に言葉を選ぶようにして言った。

「人が消えるにはわけがあるのよ。智子さんの方からあなたに連絡したければ、できるはずよね。電話も住所もあなたの方は変わっていないのだから。その意思があっても連絡できない事情なのか、連絡する意思がないのか、どっちかよねえ」

悦子は、はっとした。

智子に連絡ができない、できない、どうしよう、と自分ばかりが焦っていたけれど、智子の方はどうなのだろう、と。

自分の方からのことばかりで、いつも頭がいっぱいでいる私って……、と唇を噛む思いがした。

「つまり、智子は、私に連絡をしなきゃ、と焦ってはいないってこと？　毎日のように電話をし合っていたのだから、病気で入院したとしても、旅に出て留守にしていたとしても、何らかの手段で連絡はしてくるはずよね」

頭の中がいささか混乱し、悦子は黙り込んでしまった。

「そうかなあ、私に連絡がないのは、智子の意思ってことかなあ」とつぶやいた後、妙が慰めるように言った。

「ともかく、なにか理由があるのだろうけれど、今は、どんと構えて、時を待つしかないんじゃないの?」

「そうね。いずれ、連絡が来るって信じて待てばいいわね」

「仕方のないことってあるのよ」

「分かった、そうね」

悦子が、子どものように素直にうなずいた時、「お待たせいたしました」と、頭上からアキの朗らかな声が響いた。

悦子の目の前に、どんとお皿が置かれた。

「ママ、ほら、我が家の定番、オムライスだよん。食べてえ」

確かにそれはオムライスだった。

卵にきれいにくるまれて、上にケチャップで波型の模様が描かれていた。傍《かたわ》らに、ちょっとしたサラダが添えられているのも、我が家流だった。

このオムライスは、なにかにつけて悦子が子どもたちに作って食べさせていた。いや、それは母親の妙が、悦子や誠司に、なにかにつけて食べさせてくれたものでもあった。

「これをアキが作ってくれたのね！」

悦子は、思わず声がうわずった。

考えてみたこともなかったことが、今、目の前で起きている気がした。妙から悦子に伝えられたものが娘のアキに、ちゃんと伝わっているということが、奇跡としか思えなかった。

さっそく口に運ぶと、まさにそれは妙の味だった。そして、それは悦子の味でもあり……。

悦子は感動してつぶやいた。

「このオムライス、いずれアキが生まれた子どもに食べさせるのよね。それで、その子がまた、自分の子どもに作って……」

ほとんど涙声になってしまった。

「ママったら、ちょっと感動のしすぎじゃないの。ただのオムライスなのに」

妙が笑い、悦子が笑い、アキが笑った。

その「感動のオムライス」を食べ終えた時だった。なにげない口調でアキが言い出した。

「あのさあ、ママの友達の智子さんのことだけど、友達だから言えないこととか、連絡したくないことってあるよ。アキもねえ、ヨシオと離婚したことも、シングルマザーになっちゃうことも、友達の誰にも言っていないんだよ。家出をした時、お世話になったユウスケとユキちゃんにも」

悦子は、あら、アキったら、私たちの話を聞いていたのね、とびっくりしたが、彼女の意外な告白には胸を衝かれた。

「ヨシオとのことでは、みんなにかっこいいことばかり言っていたし。本当のことも言ってなかった。というより、なんでこうなったの？　とか聞かれても、本当は自分でも分からない。ただ、どうしてもそうしたいの、私、ってことしか言えない。こういうのって全然、説得力ないよね」

悦子は、戸惑いのあまり、アキに言うべき言葉が見つからなかった。

「秀じいにね、そのことをコクったら、本当に思っていることなんて、自分でも分からないものさ、絶対、言えないことがあって、それでいいのだよ、って言われたの。

ほっとしたのだけれど、それでいいんだよね」

すかさず妙が静かな声で言った。

「それでいいのよ、アキ」

悦子もつられて思わず言った。

「いいのよ、それで」

言ってしまってから、「ああ、なんてことを言ってしまったの！」と、天を仰ぎたくなったのだった。

第六章　出戻り息子は、どこに

妙は、悦子が来たことで、ひとまずほっとしていた。

このまま、悦子が会いにも来ないまま、孫のアキが出産することになったらまずいなあ、と思っていたのだ。

悦子には、「アキのことはしばらく放っておきなさい」とは言ったものの、あの子のことだから辛抱できず、たまらなくなって飛んでくるだろう、とたかをくっていたのだ。

そうしたら、本当に来ない。一向に現れない。どうしたものかしら？　と、本気で心配になっていたところだった。

結果としては、悦子の訪問はジャストタイミングだった。お互いの「会いたい」思いが頂点に達した時に会えたおかげで、悦子とアキの間にあったこだわりが一瞬にして消えたのだ。

やっぱり親子なのねえ、と思う。

なにかあっても、「会いたい」「和解したい」「楽な気持ちになりたい」という方向へとお互いの気持ちが向かっていく、それが親子のすごさだ。

でも、夫婦の場合はどうなんでしょう……、と妙は、もう一人の身内、息子の誠司のことを思って、ため息をついた。

悦子にはあえて言わなかったが、誠司が「名古屋に一度戻って、家族と話してくる」と出掛けてから、一週間が経っているのだ。

まだ戻らない。

自分の家に帰ったのだから、戻らなくてもかまわないのだけれど、半年以上も居候していたのだから、ことがどうなったか、いや、経過報告ぐらいはしてきてもいいじゃないの、と思う。

でも、なしのつぶてだ。

相変わらず、誠司は大事なことはなにも言わない。

そもそも、彼は本当にもう離婚をしちゃっているのか？　と、妙は思う。

よく考えてみれば、本人の口からきちんと聞いたわけでもない気がする。「離婚ってこと？」と妙が聞いたら、「ま、そう」と言っただけだ。なにかの折に、「俺は、流行りの熟年離婚だからさあ」と自嘲的に言うのを聞いたようにも思うけれど、「一度話し合ってくる」と言うのなら、まだ修復の余地があるということかもしれない。そもそも、なぜ、無一文で家を出てきたのか、その後、彼の妻からも娘たちからも、なんの連絡もないのはどうしてなのか……。

五十も過ぎた息子のことである。

今さら親が口出しをすることもない。問いただすのもおかしい。自分でいいように解決してくださいな、と放置していたが、夫婦の場合は、時間が経てば思いが募る、なんてふうにはいかないわよねえ、と妙は思う。

むしろ、時間が経てば経つほど、放っておかれた相手の怒りが募る。さらに時間が経てば、あきらめるか、存在そのものを忘れるかだ。夫のいない暮らしに慣れたら、夫には戻ってきてほしいなんて思えなくなり、事態は決定的になるに違いなかった。

ともあれ、妙には、誠司が家族の中でどんな立場にあったのか見当もつかない。誠司の家族に会ったのは、夫の一周忌の法事が最後だ。その時も、みながなんだかよそよそしかった。親しみあるそぶりはなかったように思う。

今思えば、義父である夫が寝たきりになっても、誠司の妻は見舞いにも来なかった、というようなことは、夫婦の仲に問題があった、ってことなのかもしれない。

妙は、いつになく自分が不安に陥っていて、これまで考えもしなかったことを考え始めていることに気付いた。

今まで、息子のことにあまり気を巡らせたりしなかったのは、誠司が実家に戻ってきたタイミングのせいでもあった。夫を亡くして一人で暮らしていた妙は、秀二との再会で、思いもかけない日々を送っていた。そのさなかにいきなり母親の生活をひっかきまわすように息子の誠司がやってきたのだ。そうこうするうちに孫娘もやってきて、思いもかけない生活になった。最初は戸惑ってはいたが、それが、いつのまにか当たり前のように日々が回り始め、もうそうではなかった日々のことが思い出せない心境に至っていたのだ。

でも、なにかが定まったわけではない。

むしろ、これからの妙の日常は、ますます予想のつかない方向へ動いているのだ。アキが母親の元に戻るかもしれない。誠司が名古屋に帰るかもしれない。そして、秀二も、古巣のレストランへと戻って、なんだか忙しそうだ。このまま、誰もが新たな人生に向かって歩み始め、一人取り残されていくように思える……。

まあ、それはそれでいいわ。また、静かな私の日々が帰ってくる、それだけのことよね。妙は、自分にそっと言い聞かせた。ともかく私は八十歳で、かなり高齢。いつどうなるか分からない。でも、今はどんなに高齢になっても、自分で自分の身の上を定めて自力で生きていかなきゃならない時代だから、誰かに期待をしたり、頼ったりはできないのだ、と。

歳をとるって、ほんと、どんどん強くならなきゃならないってことなのよねえ。

「妙さん、頑張れ」

妙は思わず、声に出して言ってみた。

言ってみたとたんにおかしくなって、笑い出した。

アキが、いつも同じように声を出して、自分で自分を励ましているからだ。「アキちゃん！　頑張れ」と。

彼女もまた、一人で子どもを育てていくことになる将来を思うと、時にくじけそうになることがあるのだろう。

そのアキがそろそろ戻ってくる頃だわ、と、妙がいったん、頭の中を占めるあれこれを脇に置き、リビングの時計をちらりと見上げた時だった。

家の電話が鳴った。

家の電話に直接かけてくるのは、今や、娘の悦子ぐらいなので、気楽な気分で受話器を取ると、案の定、悦子だった。

でも、声が妙にうわずっている。

「母さん、大変なのよ！」

またなの？　妙は、せっかく、いろんなことが落ち着いてきたのに、また新たな問題が彼女の身に生じたのか？　とがっくりしてしまった。

けれど、それは、あまりにも思いがけないことだった。

「実はね、百合子《ゆりこ》さんから電話が来たのよ」

悦子が言った。

「百合子さんって？」

「やだ、やだ、母さんったらあ。名古屋の百合子さんよ。誠司の奥さんじゃないの」

「ああ、そうだったわねえ」

妙は、ドキッとして、言葉を失った。

「それがね、百合子さんの話じゃ、なんとなんと五年も前から誠司とは別居をしているんだってよ。でね、用事があって誠司のマンションに連絡したら、電話が通じなくなっているので、連絡先を教えてほしいなんて言うのよ。そんな前から別居していたのは知らなかったって、びっくりして言ったら、向こうは、もっとびっくりしているのよ。で、誠司なら、今、実家にいます、って言っちゃったから、母さんに伝えておかなきゃと思って、でね」

妙は、思わず悦子の話を遮るように、はあ、と息を漏らした。なんだか息が切れる感じだ。一難去って、また一難。ちょっと、そのややこしい話、待ってくださいよ、と言いたい気分だった。

「あのね、悦子、実は誠司はね、名古屋に行ったのよ。家族と話をしてくるって……」

「えっ？　今日？」

「じゃなくて、一週間も前なんだけど……」

「えっ、なにそれ。どうなってるのよ」

妙は、いきなり問い詰められた心境になり、いささか混乱した。まずは、頭を整理しようと、独り言のようにつぶやいた。

「つまり、誠司は、自分の家に戻ったわけじゃないってことで、そうなると……」

「いやいや、母さん、そうじゃないのよ。誠司は、自分の家に戻ったのよ。一人住まいのマンションに。その電話がなぜか通じないってことなわけよ」

「そ、そうね、そうなるわねえ」

悦子が、電話口で急に声を潜めた。

「でね、百合子さんの用事っていうのがね、家を売る話なのよ。なんかね、家を売りたいけれど、家がまだ誠司の名義で、本人の印鑑証明と印鑑がいることに気が付いたから、焦っているらしいの。権利書はね、五年前にちゃんともらっているんだってよ。でね」

「ああ、悦子、ちょっと待って。誠司には連絡をして、詳しいことを直接聞くわ。確かアキなら携帯の番号を知っているはずだから」

冷静な妙も、さすがに動揺し、なんだか涙声になってしまっていた。

「もう、誠司はなにをやっているのかしら。五年前から、別居していたなんて、お父さんがまだ、生きていた時じゃないの」

「だからあ、お父さんが生きていたから、誠司は言えなかったんじゃないのよ」

「お葬式にだって、みんなで来ていたのに」

「母さん、そんな席では、なおさら言えないでしょう。向こうとしては、もう取り繕《つくろ》うしかないでしょうが」

「だけど、ちゃんと言っておいてくれないと。こっちが馬鹿みたいじゃない。家族なのに水臭いじゃないの」

悦子が、妙の狼狽ぶりに笑い出していた。

「母さん、どうしたの？　いつもは、どんと構えている気丈な妙さんなのに。息子のことになると慌てるんだあ」

妙がからかわれて苦笑気分でいると、悦子がここぞとばかりに母親の妙を諭《さと》すように喋り出した。

「それに、母さん、百合子さんたち家族って、もともと水臭い人たちだったじゃないの。夫の家族とは、わたくし、一線を画しておりますの、みたいな。でも、そういうものよ。私だってね、この歳になっても健の実家の敷居は高いわよ。めったに行かないし、親戚の人たちが苦手よ。時々、こんな嫁じゃあ、きっと評価が低いだろうなあ、とか自分で思うもの」

「ま、そうね」

「放っておくしかないんじゃない。誠司は、母さんにだけは、心配かけたくないって思いが強いから、どっちみちなにを聞いても、本音なんかは言わないわよ」

「ま、そうね」

妙は、「ま、そうね」しか言葉が出ないことに、自分であきれながらも、娘の悦子がここぞとばかりに勢い込んで喋りまくってくれることに、なんだか助けられている気がしたのだった。


アキが、ボランティアに行っている近所のデイホームから戻ってきたのは、お昼をかなり過ぎてからだった。

「ばあば～、もうご飯食べちゃったよねえ」

アキが勢いよくリビングに入ってくると、静まっていた家の空気が、突然踊り出したみたいに賑やかになる。

「まだよ」

妙が笑いながら答えると、アキが大げさな声を上げた。

「うそーっ、お腹空いちゃったでしょう。ごめ～ん」

「いいのよ、アキ。ばあばはね、お昼は勝手に食べるから、気にしないでいいって言ってるでしょっ。今日はね、気もそぞろで食べる気もしなくて」

「どうしたの?」

「だって、誠司おじさんが、行方不明らしいのよ。アキ、携帯の電話番号知っているわよね」

「ああ、ああ、知ってますう」

アキが、一瞬、狼狽した。

「なんか怪しいわねえ。連絡が来てるのね」

「ああ、ああ、時々ね……」

「やっぱりね、アキはなんか知ってると思った。誠司から、いろいろ聞いているんでしょう？」

「いやいやいや、ほら、誠司おじさんも、アキと一緒で親には言えないことだらけ～、みたいな人だから」

「親って誰？」

「あれ、あれ？　ばあばが、誠司おじさんの親でしょう」

「まあ、そうですけど」

「だからあ、アキとしては、なんでもかんでも言っていいのか、悪いのか……。でも、おじさんは元気みたいだから、心配ないです。もうじき、帰ってくるんじゃないかな」

「そう、言っていたの？」

「とくに言ってはいないけど。名古屋での用事がうまくいきそう、って。ばあばをよろしく頼みますって……」

「まあ、頼みますだなんて、生意気ね」

「ほら、おじさんもね、マザコンだから、頭の中がばあばのことでいっぱいで、心配で心配で……、秀じいのことだって、最初は敵視していたくらいなんだから。でも、今や、男同士で気が合っちゃって、一緒に飲みに行ったりしているけど」

秀二と誠司が、一緒に飲みに？　妙には思いがけなかった。

「まあ、そうなの？　信じられない」と、思わず声を上げた。

「やだあ、知らなかったの？　ばあば。誠司おじさんって、ほんと、身内にはなんにも言わない人なんだねえ」

妙は、吐息をついた。

「そう、なんにも言わないのよ。あれじゃあ、妻もたまらないというか、つまらないわよねえ……、愛想つかされちゃって、当然よね」

「そうか、なにも言わないから、妻に愛想をつかされたんだ」

「そう言ってた？」

「う〜ん、そうは言っていない。妻の望みにも期待にも応えられないんだ、って」

「どんな望みなの？」

「そこまでは……」

「そうねえ、そこまではねえ……」

妙は、心ここにあらずの心境になり、ふと、リビングの時計を見上げた。

午後一時を回ったところだった。

妙は、それを見るなり「ちょっと、出掛けるわね」と急に立ち上がり、急いで自分の部屋に入っていった。

背後からアキの声が追い駆けてきた。

「秀じいなら、今日はお店にいるよ〜、秀じいも誠司おじさんの携帯番号を知っているからねえ」

妙は、出掛ける支度をしながら苦笑した。

「もう、あの子って、なんて勘がいいのかしら」と。

秀二のレストランは、妙の家からゆっくり歩いて三十分ほどのところにある。

幼馴染の秀二のかつての実家があった場所だ。

そこは空襲で焼失したのだが、その後、復員してきた遠縁《とおえん》の家族が勝手に家を建てて住んでいたそうだ。その土地の一部が、相続でやっと秀二に戻ったことで、五十代で念願のレストランを彼が開くに至った、という話だ。その話を妙は、最近聞いたばかりで、その後もいろいろあって、今はレストランを元従業員の夫婦に任せているという。

その後のいろいろなことについては、まだよく聞いていないが、秀二は、二か月ほど前から、突然、店に出始めたのだ。

この「秀二レストラン」のオープンは、週に一度の店の定休日だけだが、彼は「テツヤ君の修業の手伝い」と称して、張り切っている。妙もオープン日には、夕食を食べに来るよう言われて出掛けて行ったが、それ以後は、まだ二度ほどしか顔を出していない。家から徒歩三十分は、八十歳の妙には、少々きつい。二十分まではなんとか、と思うが、三十分となると……、帰り路のことを考えて、なかなか行けない。自転車で元気に走っている秀二を見ると、もうかなわないわねえと、つい歳の差を感じてしまう。

それに、毎週、手伝いに来る若いテツヤと楽しそうに働いている秀二との間を邪魔したくない、そんな思いもあった。

それやこれやで、妙は、秀二に出会ったばかりの頃の気持ちの華やぎを、今や懐かしく思うほどだった。

こぢんまりとした店のドアを押すと、チリンと鈴が鳴って「どうぞ」と秀二の声がした。

店のオープンは夕方五時からだが、彼はすでに一人で仕込みを始めているようだった。

「こんにちは」

妙が、カウンターの奥に声を掛けると、秀二が、待ってましたとばかりに声を上げた。

「おお、来たね。そろそろかなあと思っていたよ」

「いい勘ね、というより、アキから素早く連絡が入ったというわけね」

「ははは、妙さん、三十分後に到着！　ってね」

「あなたたち、あれでしょっ、ラインとかなんとか、そういうのをやっている仲なんでしょう？　年甲斐もなく。そこに誠司も入っているんじゃないの？　最近、飲み仲間だって聞いたわよ」

秀二が、笑いながら、妙にさっとコーヒーを出した。

時間を見計らって、淹れてくれていたらしい。

「妙さんのおかげでね、独りぼっちで生きていた僕に家族ができて。それで、この頃の僕は有頂天かな」

「でも、その家族って、問題てんこ盛り家族じゃないの。いつもいつも、ごたごた三昧」

「それがいいのかな」

「まあ、それがいいの？」

「そのごたごたに巻き込まれている感じがね、僕には、醍醐味っていうか、不思議な高揚感を与えられているというか、すごく元気が出る。生きている甲斐、みたいなのを強く感じるんだ」

妙は、思わず笑い出した。

「秀二さんって、やっぱり言うことが違う」

「僕は、フツウの幸せを手に入れることを十歳で捨てさせられたからね、幸せになりたいなんて思ったことは一度もないんだ。人生にいいとか、悪いとか、絶対、序列なんかつけたくないんだ。生まれたのも奇跡、まだ生きていることも奇跡さ」

「そうね、ほんとそうね」

妙は、静かにうなずいた。

深い諦念《ていねん》の向こう側をひたむきに生き抜いてきた秀二の言葉は、いつだって妙の心に染みる。だから、あえて余計なことを聞きたいなどという気がしなくなるのだ。

黙って、コーヒーを飲んで、二人でいる心地よい空気に浸っていると、秀二が喋り始めた。

「誠司君は、奥さんの実家と折り合いが悪くて、ずっとつらかったみたいだね。ある時から、かなり強力に同居を求められ、それに納得できなくて夫婦関係がうまくいかなくなったらしいよ。ついにあきらめて五年前にね、家を出てマンションで一人で暮らしていたけれど、一人でいる妙さんのことが心配で、妻と別れても、長男の自分が面倒を見るべきだと思って、実家に戻ってきたそうだ」

「ちょっと待って、待って」

妙には、あまりの衝撃で、淡々といっきに喋っている秀二を遮った。

「つまり私の介護が、彼の実家に出戻ってきた理由ってわけなの！」

秀二が笑った。

「ま、男なんてそんなもんだよ。単純で、思い込みで行動をするわけだねえ」

「もう、頭の中の整理が、私にはつかないわ。心臓がおかしくなりそう」

「じゃあ、もう一杯、コーヒーどう？」

めた。

「ありがとう、いただくわ」

秀二は、妙の驚愕ぶりを面白がって、声を上げて笑いながら、コーヒー豆を挽き始めた。

にわかに、香りがたった。

秀二のレストランは小ぶりだが、おしゃれで居心地の良い店だった。そのカウンターの向こうで親しい秀二が慣れた手つきで、コーヒーを淹れる姿に、妙はとてつもない安らぎを覚えた。

「息子に介護を期待したことなんか、私には一度もないのにね。なに考えているのかしら」

秀二が言った。

「誠司君は、奥さんが、自分の家族に親しまなくて、妙さんがご主人の介護で大変なのに、妻が手伝いにも行ってくれないとか、誠司君の心配していることに気遣いもないってことに納得してなくて、一方で、奥さんは自分の実家のことで頭がいっぱいなことにイラだったみたいだね」

「そんなこと、こちらは全然気にしていなかったのに。娘の悦子がいるし、誠司の家族が冷淡なのは、主人が気難しい人だったから、敬遠されても仕方がないと思っていたのよ、私」

「結構、家族って、勘違いとか誤解で成り立っているのかもしれないね」

「それなのに、実家に来てみたら、母には男友達なんかいて。不機嫌になるわよね」

「なるねえ」

秀二が言って、妙も笑ってみせたが、息子の誠司の気持ちを思い、心のどこかで泣き出したいのを堪えていた。

秀二が静かな声で言った。

「さすがの妙さんも、母親なんだね……。息子のことになると、我を忘れるね」

秀二のその言葉には、なんとも言えない寂しさがこもっていたが、誠司のことで頭がいっぱいの妙は気が付かなかった。

その時、チリンとドアの鈴が鳴って、アキが現れた。

続いて、テツヤも入ってきた。

「いやあ、揃ったねえ、妙さんファミリーが」

秀二が、朗らかな声を上げた。

「あら、これって、今や、秀じいファミリーじゃないかしら?」と即刻、妙が応じると、ただでさえ存在感が日に日に増しているアキが、大きくなったお腹を誇示しながら、言った。

「ねえ、ねえ、今日は、夕方までいて、秀じいレストランで夕ご飯にしよう。それでみんなで誠司おじさん対策会議をした方がいいんじゃない? やっぱりね、意思統一しておいた方がいいと、アキは思うんだな。お互いの情報があまりに断片的だし」

「なに、それ、なんのこと? 誠司おじさんがなんかした?」

テツヤが素っ頓狂な声を上げた。彼だけはなにも知らない様子だった。

秀二は笑いながら、「アキちゃんには、コーヒーじゃなくて、豆乳ホットドリンクを作るかな。テツヤ君はコーヒーでいいね」

「いや、いや、師匠、そういうことはボクがやります!」

「え〜っ、やだあ。アキはテツヤじゃなくて、秀じいの豆乳ホットドリンクがいいけど……」

「はいはい、アキちゃんのは、僕が作るよ。それで、今日は貸し切りにしよう。われらがファミリーの一大事だから。開店時間前にドアに張り紙を出すよ」

「あれ？　あれ？　そうなの？　貸し切り？　なんか分かんないけどさ、師匠は忙しそうだから、今日、ボクがリゾットでも、作ってもいい？」

テツヤが、勢い込んで言った。

「ああ、いいよ、お手並み拝見だな」

相変わらずの和気あいあいの雰囲気で、妙は、いっそう気持ちが和んだ。この気心の知れたメンバーで、ちゃんと情報を共有してみんなで考えれば、誠司のことは、なんとかなりそうだわ、と心底ほっとする思いがした。

対策会議は、店の中央の丸テーブルで行われた。

それぞれにお茶の時間用に焼かれたマドレーヌと飲み物が配られ、一同、それなりに真剣な表情でテーブルを囲んだ。

まず、事情を知らないテツヤに簡単な説明がされた。

テツヤは、「誠司が五年も前から離婚して、家族と別居していた」という話には、「へ〜っ、そうなんだ」としか言いようがないらしく、ただ困惑した表情でマドレーヌをぼそぼそと食べ続けていた。

妙に張り切っているアキが、自分のトートバッグからノートを取り出し、皆の知っていることをメモに取ってまとめ、読み上げた。

「1、誠司おじは、妻から親との同居を迫られていて、それが嫌だった。2、百合子おばは一人娘で、誠司おじは長男。背景に親の介護問題があって、意見が対立した。3、誠司おじ、子どもの自立を機に離婚に踏み切る。一人、家を出てマンションで暮らす。4、誠司おじ、リストラになったので、それを機に実家に戻る。5、百合子おば、自宅を売却して実家に戻ることを決意。家の名義変更のため、誠司おじに連絡。6、そのせいで誠司おじが実家にいることが百合子おばに発覚し、さらにばあばやママにもいろいろなことが知れちゃって大騒ぎ、って流れよね。流れが見えたら、たいしたことないね。なあ〜んだ、だわね」

そこで、妙がしみじみとため息をついた。

「でもね、何度も言うようだけれど、誠司が長男だなんて、私は忘れていたくらいなのに。彼に介護してもらいたいなんて期待を全然していなかったのに、それが理由で……」

すかさず、アキが言った。

「だから、流れから言うと、誠司おじさんは、妻と自分の実家の板挟み、と言うより、不幸なことに、結婚当初から妻の親と決定的に合わなかった、ということなんじゃないの。ありゃ、これ、アキとおんなじじゃん」

「だけど、それだけでリコンまでするかあ？」

不意に、テツヤが偉そうに意見を述べた。そのとたん、アキがむきになって言い立てた。

「するわよっ。どっちかが実家べったりで、親離れしてないと、結婚って苦痛になるの。お互いが、ま、いいかと妥協できたり、つかず離れずでやれたりすればいいけど、ああでもない、こうでもない、こうしろ、ああしろって、相手の親って他人なんだからさ、そういう人からガンガン言われたら、もう、ほんとにやんなっちゃうって。誰にでも、自分の人生は自分で決める権利があるっちゅうの。人の人生に侵食してきたり、乗っ取ったりするの、許されないっちゅうの」

「そうねえ……」

妙がつぶやいた。妙はアキの主張をまるで、自分自身の結婚生活を振り返るような思いで聞いていたのだ。

「だからね、誠司おじさんの言うばあばの介護がどうのこうのは、関係がないんだよ。ただの言い訳だって。それこそ、そんなことでリコンするかあ？　じゃないの」

　アキの勢いに、みんな押し黙った。

「介護離婚とか、最近、言うけどね。相手と仲良くやりたければ、協力し合って頑張ろう、なんとかしよう、になるわけで、それがヤダ、と言うのは、夫がヤダ、妻がヤダ、お互いがヤダということだと思う。だから、誠司おじと百合子おばが、リコンを決めたなら、もうしょうがないよね。誠司おじが家に戻ってきたのは、ばあばのところに一度帰ってきて、安心したかっただけだよ。きっとつらかったんだよ。ずっと。でもね、今、シアワセなんじゃないの？」

　テツヤが言った。

「うん、それ、ちょっと分かるなあ。誠司おじさん、この頃、すっかり変わっちゃったもの。なんかさ、明るいよねえ」

　アキがぴしゃりと言った。

「テツヤもね、親とまともに口きかないとかいうのって、親に甘えて、すがっている自分の内心を隠したいからで、親がどうのこうのじゃないでしょっ」

「なんだよう、いきなり」

「それ、本当のことじゃないの？　私もそうだったから分かるのっ。なんかさ、子どもも産んで、本気で自立して育てなきゃと思ったら、今までの親への反発って、なんだ、親に依存している自分自身への反発だったんだあ、って気が付いたし……。甘えている自分に腹が立って、親に八つ当たりしているわけよね。みんな、そうなんだって。親の前に来ると、いくつになっていても、つい、そうなっちゃうんだよね」

秀二がいきなり拍手をした。

「いやあ、アキちゃんの大演説、素晴らしいね。きっとその通りなんだろうと思うよ。僕は親を早く亡くしちゃったから、うらやましいよ」

「はいはい、子どもの立場からの貴重な意見を聞かせてもらって、ばあばもやっとほっとしました。ありがとう」

妙が笑いながら答えた。

「で、対策会議の結論は、どうなるのかな？」

秀二が、締めくくるように言ったので、全員が、促すように妙を見詰めた。妙が深呼吸して答えた。

「つまり、放っとけ、でしょう？」

「その通り」

全員が声を揃えて言ったので、大笑いになった。

アキが、大演説のせいで、忘れていたマドレーヌにかぶりついて、歓声を上げた。

「なんて、美味しいの？　これ」

テツヤが答えた。

「あっ、それね、先週、ボクが焼いたんだよ」

「ウソッ、すごい」

「今晩のリゾットも、美味しいよ。師匠に合格って言われたんだから」

「はいはい、ママが聞いたら、泣いて喜ぶよ。一度、食べさせてあげたら。そろそろ、テツヤも大人にならなきゃね」

「まあね」

テツヤは素直に答えると、いそいそとキッチンに入っていった。

それと同時に秀二の携帯が鳴った。

さすがに、スマホまでは持っていないようで、秀二は古いガラケーを開けて、ニヤッとした。

「噂をすればなんとやらだなあ」

誠司からの電話のようだった。

秀二が、シーッと唇に指を当てたとたん、妙もアキも思わず、手で自分の口をふさいで、目で笑い合った。そして、場所を変えて話し始めた秀二の言葉に耳を澄ました。

「おお、そうなんだ、そりゃ、よかったじゃないか。こっち？　あ、みんな元気さ。妙さんとアキちゃんは、今、来てて。うん、今晩はウチの店でご飯を食べるんだよ。妙さんに代わるから、ちょっと待って。いいって言ったって、誠司君、駄目だよ。妙さんがさ、連絡がないってすごく心配しているからさ」

秀二が差し出した携帯電話に妙が出ると、誠司の申し訳なさそうな声が聞こえてきた。

「すみません、母さん、連絡しないでいて」

「そうよ、ちょっと心配したわ」

「えっ、母さんは大物だから、そういうことは全然気にしないタイプだと思ってて。というか家の電話番号をさ、ちゃんと覚えてなくてさ。今度、きちんとスマホに登録しておくから。そうそう、母さんには携帯プレゼントするよ。お金がね、入ったんだ。そのことはね、帰ったら詳しく話します。すみません」

いっきに言うと、電話が切れた。

「まったく、相変わらずねえ。一方的に、自分の言いたいことだけ言って切っちゃうんだからあ」

妙が、秀二に電話を返しながら言うと、アキが言った。

「だってさ、親って、こっちが言いたくないことを遠慮なく聞くじゃない。長く話すのは危険なのよ」

「だけど、結局、いつ帰ってくるのか分からないままよ。お金が入るって、なんなのかしら？ 百合子さんが、連絡したがっていることも言う暇なしだったし」

代わって、秀二が答えた。

「なんか、連絡がついたみたいですよ。妻が家を売りたいって言うので、印鑑登録とか面倒なことがいろいろあってと言っていましたから」

まあ、と妙は思った。秀二と誠司は、すっかり親しくなっているようだ、と。それなら、ますます放っておいてかまわないわね、と妙は思った。

第七章　離婚のご挨拶って

夫の健が仕事に出掛けた後、悦子は、食卓の前にムッとして座っていた。

家の中はしんとしていた。テツヤもいない。

「バアバノイエニ、トマル」

悦子の携帯には、深夜、彼から電報文のようなメールが届いていた。夜中に帰ってきて、昼まで寝ていて、いつのまにか出掛けている。顔を見ることもめったにない息子だ。それでも、二階にいるといないとでは、朝の静けさが違う。

朝食の時、「テツヤね、母の家に泊まったみたいなの。朝起きてみたら、メールが来ていてびっくりしたわ」と告げると、夫がテレビのニュース画面から目も離さずに言った。

「あそこは、居心地がいいからなあ」

一瞬、間があったが、悦子が声を尖《とが》らせた。

「じゃあ、ここは居心地が悪いってわけ！」

「そうは言っていない」

「言っているのと同じじゃないのっ」

「なに、朝からつっかかってんだ、お前」

健はそう言い放つと、飲みかけのコーヒーを苛立たしげに食卓に置き、出掛けていった。

悦子だけが中途半端な気分のまま残された。

悦子は思った。この納得がいかないような、腹立たしいような自分の気分が、どこから生じているのか。テツヤのメールのせいか、夫のつれない態度のせいか、と。

「結局、私は誰からも重要視されていないって感じよね」

吐き捨てるように言って、わざと大きく息をつくと、悦子は、目の前のカップを手に取った。

夫が飲み残していったコーヒーだった。

すっかり、ぬるくなっていた。

いつもなら、いそいそと自分のために新しいコーヒーを淹れ直すのだが、そんな気分ではない。ぬるい夫の飲み残しをずるずるとすすりながら、さらに思いを巡らした。

かつては、朝、家族が出払って一人になると、晴れ晴れとして解放感を覚えた。嬉しくなった。でも、この頃は、うっすらと心細い気持ちになることが続いている。目の前で夫がうろうろしているだけで鬱陶《うっとう》しいとか、家の中にごたごたがあると、もううんざりとか、そう思ったあれは、いったいなんだったのか、と。

今や、その頃の方が日々が充実していた気さえする。

恋しくさえ思われる。

悦子は、食卓に頬杖をつくと、つぶやいた。

「みんな、向こうの家にばかり行っちゃうし……」

ああ、その言葉は、言うまい、思うまい、感じまい、と心の底にじっと沈めていたはずの感情だった。それが、もう我慢しきれなくなって、吹き出てきてしまった感じ。

なに私、子どもみたいなこと言ってんの。つまり、これって、自分の母親に嫉妬しているってわけ？　と思うが、独り言とはいえ、いったん発した言葉はもうひっこめられない。

悦子は、誰もいない家で、あえて思いっきり大声を上げて叫んでみた。

「も～っ、みんな、向こうの家にばっかり行っちゃって～。私をないがしろにして！」

叫んでみたら、涙が滲んだ。

そうよ、感情というのは、こんなふうに子どもじみたものなのよ……。分別とか成熟とか言うけれど、しょせん、大人になるって、ただ忍耐強くなるってことで、本音の気持ちを相手に向かってあらわにしなくなっただけってことなんじゃないの……、頭の中でぶつぶつ、思いついたことをつぶやいていると、ますます涙が滲んできて、こんな時、智子に電話でいろいろ話せたら、すっきりするのになあ、と思った。

智子なら言うに違いなかった。

「悦子、なにを言ってるの。あなたの悩みや苛々ってさ、夫とか子どもとかに過剰に期待しているから、生じているのよ。夫は自分をシアワセにするべきだ、優しくするべきだ、子どもは、母親の私をシアワセにすべきだ、喜ばせるべきだ、なあんて思い込んでいるんじゃないの」

以前、そう言われた時、悦子は言い返した。

「そうじゃないよ。私、過剰に家族に期待なんかしてないわよ」と。

でも、容赦がなかった。

「みんなね、自分のために生きているのっ。そのためにそれぞれの人生があるの。期待するのなら自分に期待しなさいよっ」

悦子は、それらのやりとりを思い出して、はっとした。

思えば、いつも自分ばかり愚痴を垂れ流していた、と。「ねえ、聞いて、聞いて」と言って、一方的に喋っていた。それに対し、「なに言ってんのよ」と智子にたしなめられていた。それで、すっきりしていたのは自分ばかりだったのかもしれない。智子は学生時代から理屈っぽいタチだった。自分の考えを臆することなくビシバシと言った。

その彼女が、学校を卒業後、就職戦線の難関を擦《す》り抜けて、大手の出版社に勤めた時、悦子は、もうそれだけで、すごいと思っていた。そんな知的な世界で生きる智子とずっと友達でいることを誇りのようにさえ感じていた。

いつのまにか役割が決まっていたふたりの関係だった。

悦子は、そのことに満足していたけれど、智子の方はどうだったんだろう。

もしかしたら、もううんざりしていたのかもしれない。

実は、その考えは、あの日以来、悦子の頭の片隅に棲み着き始めていたものだ。でも、必死で考えないようにしてきたのだった。

あれは、久々に実家を訪れてお腹の大きくなった娘のアキに会った日のこと。連絡が途絶えた智子のことを話したら、母親の妙に言われた。

「人が消えるにはわけがあるのよ。智子さんの方からあなたに連絡したければ、できるはずよね」

アキも言っていた。

「友達だから言えないこととか、連絡したくないことってあるよ」

悦子はじっとしていられなくなって立ち上がった。

部屋の中をうろうろしながら、また考えた。

あの、あけっぴろげなアキでさえも、自分が離婚したこともシングルマザーになることも、友達には、話していないというのだから、智子だってそうかもしれない。会社を早期退職して、一人で、伊豆のリゾートマンションで暮らすことになったのには、人に言いたくないそれなりのわけがあったのかもしれない。「遊びに来てよ」と言われて、「行く、行く」と調子よく言っていたのに、自分の家族のごたごたで頭がいっぱいで、結局、行きもしなかった自分のことを悦子は思った。

会社を辞めて、自宅を売り払って、リゾートマンションへ、という智子のカッコよさに、なんて潔いの！　と思っただけの自分の単純さにも、今は、うなだれるしかなかった。

もともと智子は、愚痴を言う人ではなかった。でも、言わないからといって、なんの問題もなく生きているわけではない。そういう人にとって、自分は役立たずで、友達甲斐もない、ただ面倒くさいだけの女だったに違いない。

悦子は部屋を歩き回った。歩き回りながら、あっ、と小さく声を上げた。

「会社の上司がね、いつもなんかぐちゃぐちゃ言っている女みたいな男で、勘弁してよ、って感じなのよ。ま、会社を辞めて、すっきりしたけど」

智子がそんなふうに言っていたのを思い出したのだ。

あれって、上司のことだけじゃなくて、私のことも遠回しに言ったのかもしれない。

悦子はどんどん被害妄想化してきた。そう言えば、と思うことが次々と思い出された。そのままいくと、「どうせ私なんて……」という方向へと、どんどんいきそうになるのを感じた。

後悔は先に立たずだ。

智子は悦子にとっては、唯一の友人だった。その友人に切って捨てられたのだとしても、それが彼女の潔さでもあるわけで、智子が悪いわけではない。智子には、たくさん友達がいるに違いないし、私なんぞが心配することの方が迷惑かもしれない。

これからは、自分で自分を支えるしかない、と悦子は思った。

智子が言っていたように、他者に期待を持ったりしないで生きる。そうすれば、些細なことで動揺したり、苛立ったりしないで済む。

ともかく、それができるかどうか分からないけれど、今はそう思おう、というところにやっと考えがいきついて、時計を見ると、すでにお昼近くになっていた。

悦子は、さすがに自分にあきれて、とりとめのない自問自答の時間に終止符を打った。

悦子が慌てて放置していた朝食の片付けをしている時だった。夫の健から電話があった。

受話器の向こうから聞こえてきた彼の声は、朝の不機嫌はどこへやらで、やけに元気で、しかも大声を出している。

どうも歩きながらの電話らしく、周りから町の騒音が聞こえてくる。

「悦子さあ、びっくりなんだけどさ」

「ちょっと、あなた、どこにいるの？」

「いや、メシ食いに出てきているだけさ。なんとね、誠司君がさ、今晩、うちに来たいんだってさ」

「ええ、誠司が？　うちに？　なんで？」

「相談と報告だってさ。まず、姉さんに話したい、なんて言っている」

「ええっ！　誠司が！」

悦子には、あまりに思いがけなくて、戸惑った。

「しかもさ、百合子さんも一緒に来るってさ」

「えっ、なんで？　百合子さんもなの？」

「名古屋から、一緒に来たんだってさ」

「でも、なんでうちなの？　なんで、私なの？　母さんに相談と報告なら分かるけど」

「でね、お義兄さんにも聞いてもらいたいので、今晩の都合はどうでしょう、だってさ。ま、一応年上の義兄だから、俺を頼りにしてるんじゃないのか。そういうことなんで、今日は早く帰るから、夕メシ、なんか考えておいてくれ。酒は、俺が買っていくからさ」

啞然としている悦子を気にかける様子もなく、夫の健は、うきうきした調子で、電話を切った。

なんで？　誠司夫婦が、うちに来るの？

悦子には、理由がまるで分からなかった。弟が自分に相談ごとがあるなど、考えられない。

そもそも、子どもの頃からお調子者でミーハーな姉と、無口で努力家の弟、悦子と誠司はタイプが真逆だった。お互いが関心も持たず、それぞれが別個に生きてきたというふうだった。そんな弟が結婚相手に選んだ百合子も悦子とは真逆。彼女は、つん

とした お嬢様ふうの人で、会ったとたん、悦子はびっくりした。

「えっ、誠司はああいうタカビーな女が好みなわけ？　うちの家風とは違いすぎない？　うまくいかないいんじゃないの？」

思ったままの感想を口にして、母の妙にいたくたしなめられた。けれど、思った通りだった。

弟夫婦は、子どもが生まれても遊びに来るわけではなかった。法事の席で会ったりしても、打ち解けられず、アキやテツヤも誠司の娘たちとは、親しくなれないままだった。

その百合子までが、なんで？　うちに来るの？　悦子は、今まで頭の中を巡っていたあれやこれやが、夫の電話ですべて吹き飛んでしまった。

リビングを見回し、悦子は、慌てた。

「まず掃除。それから買い物に行って、夕食の準備……。もう、いきなり来るなんて、迷惑ったらありゃしない」

いったいどこから手をつけたらいいのよ、と悦子は叫びそうになりつつ闇雲に動き始めた。そして、せっせと立ち働いているうちに、慌てている自分がおかしくなった。

誠司だけなら、どうでもいいのよね。百合子さんが来るから、掃除なんかしちゃって。つまり、これって、主婦として私、張り合っているってことよね。あんまりきれいにしたら、むしろなめられたりして……。一応、私は、義理の姉なわけだし、どんと構えているようじゃなきゃ駄目よね……。悦子はそう思い至って一息ついた。

そして、夕食は、簡単、豪華。上等な国産牛肉のスキヤキで見栄を張って、夫をびっくりさせましょう、と思い直して買い物に出掛けた。

そうこうしているうちに、悦子は久しぶりの事件に、なんだかわくわくする気分になってもきたのだった。

誠司夫婦がやってきたのは午後七時。約束の時間、きっかりだった。

チャイムが鳴ると、早めに帰宅してそわそわしていた健が、玄関に飛んでいった。

悦子の方は、彼らがリビングに入ってきたとたん、思い切りよくよそいきの声を上げた。

「まあ、お久しぶり。百合子さん、いらっしゃ～い」

そのあまりに機嫌のよさそうな声に、夫の健が、一瞬、たじろいで、妻の顔を見たくらいだった。

「まあ、さすが百合子さん、素敵なお帽子だわあ」

百合子は趣味の帽子づくりが成功し、今やアトリエを持ち、教室まで運営しているという話だったのだ。

「ありがとうございます。すっかりご無沙汰していて……」

小ぶりの帽子は、シンプルな緑のスーツを華やかにしていた。全体がシックに、品よくまとめられた百合子のファッションは、夫の誠司のくたびれきった姿とは、あまりに不釣り合いだった。

「突然、すみません。びっくりされたでしょう？」

「いいえ。どうせ暇をしている私ですから。でね、今日は、奮発してスキヤキにしましたのよ。うちは、リタイア後でつましく生きているのですけどね。夫も、久しぶりに飲めるって、喜んじゃって。楽しみにしていたのよ〜」

百合子は、さすがに気まずそうな感じで、おずおずと席についた。

彼女は、悦子の九歳年下で、五十歳になったばかりだ。歳を経たせいか、昔のようなタカビーな感じは、いつのまにか失せていた。

「まず、ビールかな、話の前に乾杯といきますか。あっ、百合子さんは、ワインがいいですねえ」

「いえいえ、私はなんでも……」

調子に乗っている健を制して、誠司が、ようやく改まった口調で言葉を発した。

「義兄さん、飲む前に、報告だけさせてください」

「あっ、そうだね。まず、話を聞こうか」

健が差し出したビールを脇に置き、椅子に座り直した。

悦子も急ぎ、神妙な顔になって席についた。

誠司が百合子を促し、二人揃って立ち上がると、深々と頭を下げた。

「すみません。僕ら夫婦が、離婚していたこととかを全然言わずにいて、ご心配かけたかと思います。今回、ようやくいろいろな懸念事項が解決しましたので、その報告に伺いました。百合子もぜひ自分もお詫びしたい、ということで……」

健がうなずいた。

「はい、その件は分かりました。ま、夫婦のことだからね、いろいろ事情もあったことだろうし、僕らはね、そのことで云々はないですから。百合子さんから、お詫びされる筋合いもないですから、気にしないでください」

「すみません。お義姉さんにも、お義母さんにも、正直に言えなくて。両親が頑固なもので……、無理なことばっかり言って……、それで誠司さんともうまくいかない状態が続いて……」

百合子の声が不意にうるんだ。

なにやら切羽詰まった感じが漂ってきた。

思わず、悦子にもその感情が伝染し、涙ぐみそうになった。ふと、この人、誠司のこと、まだ好きなのかな？　との思いがよぎった。

「それで、今度は急に父が倒れて、私、介護のために実家に戻ることにしたんです。それで、結局は、誠司さんに家の売却のあれこれをやってもらうことになって……」

その言葉を引き取るように、誠司が付け加えた。

「僕も、この際なので住んでいたマンションを売却して東京に戻ることにしました」

「で、お嬢さんたちは？」

健の質問には、百合子が答えた。

「長女のサユリは、彼氏と住んでいて、いずれ結婚するらしいんです。次女のノリカは、私の帽子教室の助手をしているんで、一緒に実家の方に……。帽子づくりで自立したら、一人暮らしが夢、と言っているんです」

「じゃあ、もう安心ってことですね。では、飲みますか」

健が、あっさり言って、脇に置いたビールに手を伸ばした。

もう、健の頭の中は飲むことだけなんだから……、と悦子は苦笑した。

「それで、相談の方は、飲みながらじっくり、ということで」

健の台詞に、緊張していた誠司もさすがに笑い出した。

「じゃあ、そういうことで。じっくりと」

「はいはい、じっくりね」

悦子も、そう言うと、「私たちは、ワインにしよう。百合子さん、美味しいチーズもあるのよ」と付け加えて、立ち上がった。

それからは、なにかが吹っ切れたように、誰もがほっとしたように寛いだ。

「いきましょう、いきましょう、ぐぐっと」などと、相変わらずの調子で、健が率先して、ビールのグラスを空けた。それで、たちまちほろ酔い気分になった健が言った。

「だけどさ、離婚した夫婦がさ、その件で二人で挨拶に来たりするかねえ。誠司君、キミんとこ変わってるねえ」

「あれ？　そうですか。フツウ挨拶はするんじゃないですか？」

「フツウ、しねえよっ」

「いや、いや、百合子がそうすべきだって言い張って……」

「いえ、私はお義母さんには申し訳なくて。お義父さんの介護のお手伝いもしなくて」

「遠くにいて、子どもがいたら、頼まれたってできないわよ。百合子さん、母は、そういうこと全然、気にしない人よ」

悦子が割って入った。

「それは分かっているんです。でも、離婚もしちゃって、お義母さんには、本当に申し訳なくて」

「そうか、それでどんな様子かな、って、うちにまず来たってわけなのね」

悦子が、ワイングラスを片手で揺らしながら、笑った。

「そ、そういうこと。姉さん」

誠司が声を上げた。

「なにしろ、母さんがね、どう思ってるか全然分かんなくて。知りたいんだよ、姉さん。僕はさ、あの家で母さんと暮らした方がいいのか、暮らさない方がいいのか。ほら、秀二さんのこともあるからさ。母さんは、秀二さんと暮らしたいんじゃないのかとかさ、思うから」

「どっちでもいいんじゃないの？　母さんって、そういう人よ。でも、誠司は母さんが心配だから、東京に戻るんでしょう？」

「それもあるけれど、東京でね、仕事をね、もうひと頑張りしようかと思うんだよ。それで、義兄さんにはそのことでも相談したいって思っているんですよ」

健が、驚いて声を上げた。

「おお、誠司君、仕事をおっぱじめようとしてんのかあ？」

「はい、自宅とマンションを売った金を、実は百合子の申し出で折半《せっぱん》したんですよ。それで、まとまった資金が多少できたので。まだ五十代ですから、ここらで勝負して、もう使い果たしちゃえ、みたいな」

「おお、いいね、いいね、誠司君、そういうのいいねえ、大賛成だねえ」

悦子が、慌てて口を挟んだ。

「ちょっと、あなた、調子に乗らないでよ。老後の計画は慎重にやらないとならないんだから。いやよ、私、絶対、老後破綻ってのは！」

「いいな、誠司君は、一人になって、好きに生きられる。離婚に乾杯！　うらやましいよ」

「なに、言ってんのよ。私はね、百合子さんみたいに、太っ腹じゃないですから。家を売って折半なんて、絶対しませんよ」

そう言って、初めて気が付いたように、悦子は百合子をまじまじと見詰めた。

「百合子さん、誠司のためにありがとうね。優しいのね」

百合子は、黙って激しく首を振ると、そのままうつむいてしまった。

彼女の中には、言いたくても言えないことがまだ渦巻いているようだった。きっと、誠司には、それが分かんないのよね、鈍感なヤツ、と悦子はため息をつく思いがした。

誠司夫婦が訪ねてきた翌日である。

悦子は、即刻、実家にやってきた。そして、リビングの椅子に座るなり、いきなり妙に話を切り出した。

「ねえ、ねえ、母さんは、秀二さんと二人で暮らしたい？」

その質問に妙は絶句した。悦子は、思わず肩をすくめた。

「こういうことはね、もう、はっきり聞いちゃった方がいいかなと思って、私……」

「そんなことを言われてもねえ……」

「そうよね、そんなことを言われてもよねえ」

「考えたこともないし……」

「そうよね、考えたこともないわよねえ」

妙が、「ちょっと、悦子、いったいなんなのよ！」というように、ムッとした表情を見せたので、悦子は慌ててしまった。

悦子は、夫の健からよくたしなめられるのだ。

「お前さあ、なんでもいきなり言うな。言われる方の気持ち、考えろ」と。

その度に、悦子は反論する。

「あなただって、いつもいきなり結論の人じゃない。あなたにだけは言われたくないっ！」

「違う、お前のいきなりは問題放棄のいきなりだ、俺のいきなりは、これしか結論なし、のいきなりだ。根本が違う」

などとさらに言い返され、きまって夫婦喧嘩になるのだ。その日々の繰り返しが、頭の中で再現され、「いけない、いけない」と、悦子が気持ちを立て直そうとしていたら、妙が深々とため息をついて、静かな声で聞いてきた。

「どうして、悦子がそういうことを私に聞くのかしら？　秀二さんのことが、なにか問題なの？」

「違うの、違うの。私が問題にしているんじゃなくて、誠司がね、問題にしているのよ。ゆうべ来たのよ」

「誰が？　誠司が？」

「百合子さんと一緒に来たのよ」

えっ、と妙は一瞬驚いたものの、じきに落ち着きを取り戻した。

「それで？」

「それで、母さんに聞いてみてほしいって、頼まれたのよ。自分がこのまま実家に居つくのは迷惑かどうか。母さんは、本当は秀二さんと二人で、暮らしたいのではないか、って。で、百合子さんの方は、母さんに一度どうしても謝りたいけど、行っていいのだろうかって」

妙は、う〜ん、と言ったきり、押し黙ってしまった。

悦子もその沈黙の意味を推し測れず黙ってしまった。

しばらくして、ついに妙が口を開いた。

「誠司って、そういうことをなんで、自分で言えないのかしらね。なんで悦子に頼むのかしら。それが、一番、母さんにはがっかりだわ」

「そうなんだけど……。でも、息子ってそういうこと、母親に聞きにくいんじゃないのかなあ。それに、誠司は女同士なら母さんも本音を言うかもしれないけど、自分が聞いたら、あなたがしたいようにしなさい、って言うだけだからって」

「そうね、その通りね」

「でしょう？　あの子なりに、考えているのよ。だから、私もしぶしぶこの役を引き受けたのよ」

悦子はほっとして、目の前のポットからお茶をカップに注いですすった。番茶ではなかった。小花模様の愛らしいポットには、アキが、目下、凝っているハーブティーが淹れてあった。妙の家は、次第に若いアキ好みのライフスタイルに染まっていっているようだった。

悦子は言った。

「私もね、一度、母さんの気持ちをきちんと聞いておきたかったしね。アキもね、若いものだから、自分がここにいることで、ばあばの役に立っている、なんて勝手に思い込んでいるようだし。このままでいいのかなあ、と思っているのよ」

「そうねえ……」

妙は、いつになく口ごもりがちだった。

いつもなら、打てば響くように、びしばしと自分の考えを口にして、娘の自分をはっとさせてくれていたのに、どうしたのだろう、母さんは？　と悦子は、思った。

その時、「あっ、そうだわ」と妙が、急に声を上げて、立ち上がると、キッチンから、お皿に載せた丸いパイのようなものを嬉しそうに運んできた。

「あら、なに？　これ、キッシュじゃない？　母さん、おしゃれ〜」

「そうよ、ズッキーニのキッシュなのよ、すごくワインに合うの。秀二さんが持ってきた白ワインがあるから、ねえ、悦子、飲まない？」

「やだ、母さん、昼間っからあ？」

「あら、あなたが言ってたのよ。老後は、庭で健さんとランチして、昼間っからワインなんか飲んで、のんびりしたいって、それが夢なのよ、なあんてね」

「えっ、そんなことを言ったっけ。つつましい夢ねえ」

「言っていたわよ。アキぐらいの歳の時に」

「う〜ん、でも、今は、夫と二人じゃなくて、一人でワインがいいかなあ。でも、キッシュで昼からワイン、なんていう母さんみたいな八十歳は、ほかにいないわね」

妙が、笑って言った。

「あなたが、昼からワインなんて言った時、私は、今のあなたと同じ年だったのよ。だから、覚えているのよ」

「へえ〜っ、そうなんだ」

悦子は、妙がなにを言い出すのだろうと、にわかに緊張したが、彼女はキッチンとリビングを行ったり来たりしながら、本気で、「昼間のワイン」の準備を進めていった。

「でも、あの気難しい父さんでしょう？　老後に、お庭で二人でランチなんて、私にはあり得ないじゃない？」

妙は、そう言ってテーブルにグラスを置いた。

「それから、月日が経っちゃって、父さんが亡くなって、この家に誰もいなくなっちゃったじゃない？」

妙が秀二のワインのボトルと細長い筒を持ってきた。悦子が怪訝な顔をすると、妙が、「これ、電動ワインオープナーよ」と言って笑った。

「秀二さんがね、一人でワインを飲む時には、これを使うといいって持ってきたの。お店でも使っているんですって」

「へ～っ、秀二さんって、すごい気遣いの人なのねえ」

「そうなのよ。私ね、一人暮らしになっちゃってね、お気楽で、自由っていいなあと思っていたの。そこに、秀二さんが現れて、気が付いたら、なんと庭で二人で、昼からワイン飲んだりなんかしていたのね。つまり、夫とはなかなか願ってもできないこと、そう、こんなにもささやかなことを実現するまでに、二十年もかかっちゃったんだなあ、と思ったのよ。そのことを彼に気付かされたってわけ」

黙って聞いていた悦子の目に、ふいに涙が滲んできた。

どうしようと思うまもなく、その涙があふれ、それが幾筋も頬を伝っていった。

なんと言っていいか分からなかった。

適切な言葉を探しあぐねた末に、悦子は、かろうじて言った。

「分かった、母さん。もうなにも聞かない。秀二さんと二人でここで暮らして。このまま幸せな日を過ごして。誠司たちには、そう言う。アキにもびしっと、私から言うから」

「悦子は、相変わらずはやとちりね」

妙が、急に笑い出した。笑いながら、電動オープナーで、たちまちワインを開けて、グラスに注いだ。

悦子は、その素早さに目を見張った。

「すごい、なんか、母さん、すごいわ、これ」

「そうでしょう？　私もびっくりしたわよ。慣れたけれど、最初は、なんだか怖かったわ」

「アキが喜びそう」

「そうよ、キャーキャー言っちゃって。一人暮らしの必需品だとか。もうこれで男は要らないとか、はしゃいでいたわ」

　そう言いつつ、妙は一呼吸ついて、話を続けた。

「でね、悦子、母さんが言いたかったのは、六十歳の時の夢が、八十歳になって叶っただけで、これは六十歳で夢見たことに過ぎないのねってこと。その時、その時で、環境や状況が変わると、考えることも、夢見ることさえも、それにつれて変わるのね、って思ったのよ。六十歳と八十歳とでは、ずいぶん心境が違うらしいのよ」

　悦子は、戸惑ってしまった。

　いつも首尾一貫して、自信を持って言い切ることのできる妙を、自分がどれほど頼りにしてきたことか。それが、状況が変われば考えも変わるのよ、なんて、まるで意志の定まらない自分のようではないか、と。

　悦子が言葉を失っている間に、妙は勝手にワインのグラスを傾けた。そして、たちまち目をとろんとさせた。

「ちょっと、母さん、そんなにいきなり飲まないで」

「そうねえ、悦子の言う通りねえ」

「やだ、もう、母さん、どうなのよ。どうするの？　誠司たちに、私はなんて言えばいいのよ」

「だからね、結局、好きにしていいって言うしかないのよ。そもそも、秀二さんと暮らしたいか？　と聞かれても、秀二さんがどう思っているか、分からないでしょう？」

「母さん……」悦子は、はっとしてつぶやいた。

妙が言った。

「今、母さんの気持ちはビミョウなの。自分がどうしたい、こうしたいではなく、みんなを見ている人でいたいのかな。それが楽しいかな。この家をみんなが、それぞれに生きていくための止まり木みたいにして使えばよくて、なにか問題が起きたら、その時々に対応してしのげばいいわ、って思うのよ。秀二さんはね、今、幸せそうなの。僕にも家族ができた、って。このまま、そっとしておいてあげたいかな。誠司ともね、一緒に男同士で飲んだりしている仲だし、楽しそうよ」

悦子は、「そうかあ、行先知らずの流れに任せていいってことなのね」とつぶやきつつ、なにげなく妙が切り分けてくれた目の前のキッシュに口をつけた。

「あら、美味しい！　秀二さんが作ったのね」

「あら、それは、テツヤが作ったのよ。偶然、ゆうべ、届けに来たのよ」

悦子は、声も上げずに、そのまま、黙々とキッシュを口に運んだ。

そして、最後に、ほんの小さな声で付け加えた。

「母さん、人生って勝手に展開していくのね。夢みたい……、いろいろ分かった……」と。

第八章　老年の恋かもね

悦子が訪れた日から、数日が過ぎた。

彼女に促されて、すぐにも帰ってくると思っていた誠司は、まだ戻らない。「会ってお詫びをしたい」と言っていたという百合子も現れない。結局は、妙の家に顔も出さずに名古屋に帰ってしまったようだった。

誰からも音沙汰なし。

妙は、娘の悦子に自分の気持ちを吐露したことをしみじみ悔やんでいた。

「母さんは、秀二さんと二人で暮らしたい？」などと、悦子から唐突に聞かれたせいで、あの日は、すっかり調子が狂ってしまっていたのだ。

以前の自分は、もっと慎重だったのに、と妙は思う。

そもそも、悦子は幼い頃から、かたくななところがあった。自分の考えに固執して、前に進めないタイプだ。人の言ったことを過剰に受け止めるので、うっかりしたことは言えなかった。一見辛抱強く見えるが、実は、なにごとも「ま、いいや」でおおらかにしのいできた母親の妙とは、性格が真逆。そのせいで、妙は子育てに苦労してきたのだ。

親として、娘には気を抜けないとさえ思っていた。

結婚後も悦子は同じだった。アキやテツヤの母親として、もうちょっとおおらかにやらないとねえ、とはたで見ていてはらはらした。それでも口出しは禁物。あの子はこじれると収拾がつかなくなる、そう思っていた。

でも、歳のせいかしらねえ、妙は思う。

だんだん自分の中の制御装置が劣化してきて、喋り出したらブレーキがきかなくなってきているのかもしれない、と。

あの悦子が、母親の自分の言ったことをどう受け取って、弟の誠司や元義妹の百合子に伝えたのか、そのことを思うと、呻きたくなった。

その一方で、久しぶりに娘と打ち解けていろいろと語り合えたあの日の甘美な思いも残っている。

妙は、悦子がたとえ見当違いなことを思って、勝手にみんなに伝えたとしても、それはそれで仕方がない、なるようになるしかないわね、と思い始めていた。

それでもさすがに、ここ数日の鳴りをひそめている事態に焦りを覚えていた。自分の知らないところで、なにかが秘かに進行している、そんな気がしてならなかった。


翌朝である。

朝食をとりながら、妙は、アキに探りを入れてみた。もしアキがなにかを知っていたら、あの日の悦子との会話は、家族中に知れわたっていると思っていい。

「アキちゃん、ママがなんか言ってきたりしている？」

トーストをかじりかけていたアキの目がキラリと光った。彼女は、とんでもなく勘のいい娘なのだ。

「あれ、なんかあった？　ママが、なんか言った？　また、あの人、へんなこと考えているんじゃないでしょうねえ」

妙は、思わず笑った。

「なあに？　そのへんなことって？」

アキがすかさず応じてきた。

「やっぱり孫の世話は私がするわ。それが、世間的な母親のあり方だってやっと気が付いたわ。母さん、だから、アキにはそう言うことにしたの、とか？」

アキがまねた悦子の口調はそっくりで、さらに妙を笑わせた。

「ママからそういうことは、聞いていませんよ」

「だったら、秀じいのことね。ねえ、ママが口を挟んできているんじゃないの？」

「えっ、悦子がなんか言っているの？」

「うん、言っていると思うよ。余計なことを。絶対」

「秀二さんに？　直接？」

妙は、やっぱり……、と思って愕然とした。

「それで、なにを言っているのかしら？」

「だから、アキはそれをばあばに聞こうかと思っていたのよ。詳しくは知らない。でもね、ママは危険よ。思い込みが激しいから。せっかく、二人がいい感じでいるのに」

妙は眩暈《めまい》がした。悦子は秀二になにもかも言ったに違いなく、もしかしたら、いきなり「母と一緒に暮らしてあげてください」とかなんとか言ったかもしれない。これは大変だ、ややこしくなる。やっぱり悦子には、思慮というものがない。なにごとも、自分の思い込みで進めてしまう。

表情を変えて黙り込んだ妙に、アキの方が驚いた様子だった。

「ばあば、大丈夫よ。ほら、秀じいはちゃんとしているから。心配なのはテツヤよ」

「テツヤ？」

アキの話では、仕事の帰りに秀二のレストランに寄ると、秀二が、「ついに、アキちゃんのママに会ったよ。テツヤ君の作ったキッシュが美味しかったそうだ」と言ったらしい。

アキは、それを秀二の口調をまねて言った。

でも、妙にはもう笑う余裕はなかった。

アキはすかさず続けた。

「ママが介入してくると、テツヤがすぐすねるから、口を挟まない方がいいのよ。ばあばにね、そのことをママに言ってもらった方がいいかなと、アキは思うわけなのよ。なんかね、秀じいは、ママから、テツヤのことで、すごくテイチョウにお礼なんか言われちゃったらしいのよ。そういうのマズクない？」

アキが心配している二人の関係とは、秀二とテツヤの関係のことらしかった。妙はまずは、ほっとした。心底。でも、悦子が秀二のレストランへわざわざ出向いたことだけは確かのようだった。

「あっ、いけない」

アキがわざとらしく声を上げた。

「秀じいに内緒だよ、って言われていたんだあ。レストランに来たことをママから口止めされているって。でも、アキは心配なわけよ。テツヤってさ、外づらと内づらが全然違うし、ママには態度が悪いから。なにかとこじれやすいのよ」

妙は、ついに開き直った気分になった。

「分かった、分かった。ママには言っておく。でも、びっくりだわ。アキは結構、弟思いなのね」

「弟って、すごくムカつくんだけど、なぜか心配でもあるんだよねえ。ママも弟の誠司おじのこと、結構、心配しているんじゃないの？」

「そうかしらね、でも、その誠司はどこにいるのやらで」

「えっ、やだ、やだ、ばあば、知らないの？」

アキが、素っ頓狂な声を上げた。

「誠司おじなら、アキの本家に居候しているよ。今、ママのとこにいるけど。ばあばは当然、知っていると思ってたよ～」

妙はほとほとあきれて体の力が抜けてしまった。

誠司はなにをやっているのか、あのまま悦子の家に居候を続けて、連絡もしてこないなんて。


その日のお昼近くだった。

妙はリビングのソファに座って、生まれてくるアキの赤ん坊の靴下を編んでいた。

早いもので、アキはそろそろ九か月目に入る。デイホームのボランティアを今月いっぱいで卒業し、「産休に入りま～す」と宣言していた。

そのアキが、あちこち行けるのは今のうちだから、午後は、買い物に行くのでちょっと遅くなると言っていた。だったら、お昼は一人でお茶漬けでも、と妙は思いながら立ち上がった時だ。

玄関のチャイムが鳴った。

一瞬、誠司かと思った。が、彼は鍵を持っていて、いつも勝手に入ってくる。宅配便かしら？　と思いつつ、妙はドアホンも見ないでドアを開けた。

秀二が立っていた。

「妙さん、いきなり、開けちゃあ駄目でしょう。昨今はいろいろありますから、不用心ですよ。なんだか心配だなあ」

秀二が、微笑みながら言った。

「ほんとね、うっかりだわ。でも、秀二さん、急にどうしたの、考えてみれば久しぶりね」

「まったく、アキちゃんが現れて以来、どういうわけか、毎日があっというまに過ぎていく」

「そうね、アキが現れてから、ほんと目まぐるしかったわね」

妙は、秀二も同じように考えていたのかと、おかしくなった。

秀二は、手にしていたワインと紙袋を掲げて言った。

「妙さん、今日こそランチを一緒にしたいと思って。いいよねえ」

「もちろんよ」

「庭で、どうです？」

その一言で、やっぱり悦子がすべて喋ってしまったのだと、妙は観念した。もう苦笑するしかなかった。

いたしかたなく、「昼からワインってわけよねえ」と冗談めかして言うと、秀二が「そうそう」と相槌を打ったので、お互い爆笑してしまった。

「アキちゃんとも違うタイプで、悦子さんは真面目で、率直で、一生懸命な人なんだね」

「真面目すぎて、融通が利かないの。息子の方も同じ。私は子どものことっていくつになっても分からない」

妙はそう答えつつ、悦子ばかりでなく、アキからも秀二に電話で朝の顚末《てんまつ》をすべて報告してあると悟り、やれやれと、ため息が出た。

「みんな、妙さんがシアワセでいてほしいと願っているんですよ。僕なんか、彼らに感動しちゃいますけどね」

「子どもにとってはね、親が楽しそうにしているのが、自分たちの一番の精神安定剤なのよ。だから、私は、できるだけそうしてあげようと思っている。そうしないと子どもは自由に生きられないから」

「ほうっ、親の愛情ってそういうものなんだ」

「そうよ、私が不幸そうにしていたら、とたんに不機嫌になるのよ、みんな。でも、いつもシアワセそう、というのを貫き通すのは、結構大変なのよ。人生には、泣きたいような夜もあってこそ。それもまたいいものなのにねえ」

妙が笑って、秀二が微笑んだ。

妙は思った。やっぱり、誰といる時よりも、秀二といる時が、ありのままでいられる、と。祖母役でも母親役でもない私、そう、老いた女という役割からさえも解き放たれて自由でいられる。

秀二が、勝手を知ったキッチンから、電動ワインオープナーを持ってきた。

「悦子がそれを見て驚いていたわよ」

秀二は、へーっ、と相槌を打ちつつ、栓を抜き、グラスに白ワインをなみなみと注いだ。

それから、さりげなく、ふと言葉が湧くような感じで言った。

「そうそう、妙さんに頼みがあるんだ。この家に僕を下宿させてくれないかなあ」

妙は言葉を失った。

「誠司君が僕の家を借りたい、なんて言うんだよ。家賃、払ってくれるらしいんだ。僕も妙さんに払うから」

「秀二さんが、うちに下宿したいって、どういうこと？」

妙はあっけにとられて、言葉を発するまでにずいぶんと時間がかかった。

その間、グラスの白ワインを静かに揺らしながら、ゆっくり待っていた秀二が言った。

「実はね、偶然なんだけれど、僕がレストランを貸している夫婦が、地元に戻って店をやりたいと言うんだよ」

どうして、それが偶然なのか、ますますわけが分からない。

妙が口を挟んだ。

「そのご夫婦って、確か、もとは秀二さんのお弟子さんだった方よねえ」と。

秀二が笑った。

「よく覚えているな、妙さんは。弟子ってほどじゃないけど、まあ、長く働いてくれていてね、一人暮らしの僕を放り出すわけにいかない、と思っていたらしいんだ。だけど、テツヤ君やアキちゃんが出入りするようになって、安心したんだね。故郷でレストランをやるのが夢だった二人なんだ」

なるほど、と妙は神妙にうなずいた。

「でね、そんな話を誠司君としていたら、彼がこの偶然に喜んじゃって、このレストランを事務所にできたらなあ、と思っていたとかで」

ああ、「偶然」って、そういうことなのね、と妙は思ったが、やはり事情が呑み込めない。

「でも、なぜ、誠司に事務所がいるの？」

「彼ね、会社を立ち上げるんで、今、事務所を探しているところなんだよ」

「ええっ、誠司が会社を？」

妙は、驚いて声を上げた。

「そう。でね、レストランは、そのままで事務所に使えるから、今までみたいに休みの時に、僕が店を営業しても、クチコミ宣伝の拠点になっていいなあって言うんだよ。ついでに二階の僕の部屋も貸してもらえたら、職住接近で最高だって。じゃあ、僕はどうするんだい？　って聞いたらさ」

秀二は、そこまで言うと急に笑い出した。

「実家の僕の部屋がひとつ空きますから、秀じいはそっちに住んでいてください、だとさ」

「まあ」

妙は、びっくりした。

「それで、下宿なわけなのね」

「どう？　妙さん」

秀二が、せっつくように聞いたが、妙は返事ができなかった。

「その分、レストランの事務所代を安くしてもらえないか、と言われてさ。彼ときたら、そっちは妙さん付きなんだからお得でしょっ、だってさ」

妙も思わず笑った。

「あの子、好き勝手を言うのねえ」

「そう、なかなかですよ、誠司君は」

秀二が不意にしんみりとして言った。

「彼は、妙さんがね、僕と暮らすことを望んでいると思っているんですよ。母親思いなんです。どうです？　妙さん」

「どうです？　って……」

「僕はね、思ったんですよ。僕と妙さんが、なにも言わずに彼の気持ちに添ってあげるべきじゃないか、と。もちろん、僕は妙さんにきちんと下宿代を払いますよ。妙さんの邪魔もしません。面倒もかけません。アキちゃんもいることだし」

妙は、やはり返事ができなかった。

いくら、成り行きに任せる、といっても、秀二が、大事に思っている自分のレストランを簡単に誠司になんか貸してしまっていいわけがない。しかも事務所にするなんて駄目に決まっている。家族を空襲でねこそぎ失った秀二にとって、その場所は、親の記憶につながっている唯一の場所なのだ。

誠司は、分かっているようでまるで分かっていない。

妙は、涙ぐんでしまった。

「ごめんなさい。あの子ったら、とんでもないことを言い出して。秀二さんの気持ちは、誠司なんかには分からないのよ。絶対に。そんなことをしちゃいけないわ。私たちは、こんなふうに気ままに一緒にランチしたりして、充分、楽しくやっているんだし。むしろ、一緒の家に暮らしたら、近づきすぎて、うまくいかなくなるわ。そういうものよ。秀二さんは自立しているから、ほかの男性のように、誰か女性が側にいないと寂しいなんてことないんだし。駄目よ、自由を手放しちゃあ。そんな話に乗ることないわよ。さあ、その話はもうおしまい。お庭で、昼からワインじゃなかったの?」

妙は、そう言ってさっさと庭に出ていった。

そして、ガーデンチェアに座るなりため息をついた。

息子の誠司といい、娘の悦子といい、世代が違うとこうも勘違いをしてしまうものかしら、と思った。

悦子だって、「夫と二人でワインより、今は一人でワインかなあ」なんてエラソウに言っていたくせに、他人のことになると、たちまち、「一人より二人がシアワセ」なんていうありきたりのところにいきついちゃうのよねえ、そう思った。

追うように庭に出てきた秀二が言った。

「だけど、妙さん、さっき言ったでしょう？　子どもは、親がシアワセそうにしているのが好きだから、できるだけそうしてあげようと思っている。それが親の愛情だって」

「あら、そんなこと、言ったかしら？」

「やだなあ、ほんの数分前に言っていたことだよ」

妙が思わず笑った。

「でも、いつもシアワセそう、というふうにしているのも大変なのよ、とも言ったわよ」

「その大変さをね、一緒に背負いたいな、僕は」

その言葉に、妙は、一瞬、固まった。

その後、思いがけない感情が、怒濤のように湧き起こってきて、妙は、すっかり狼狽してしまった。それを見て取ったのか、秀二は「妙ネエ、じゃあ、僕はパスタを作ってくるから」と言って、キッチンへ戻っていった。

「妙ネエ……」

呆然としたままで、妙はつぶやいた。

不意に肌寒さに気が付いた。見回すと庭の様子が変わっていた。芝生もすっかり枯れて、晩秋の風が立ち始めているではないか。さすがに、「お庭でランチ」の季節は気が付かないうちにとうに過ぎていたのだ。

けれど、妙はそのまま椅子に座り続けた。

成り行きに任せていたら、なんだか人生がとんでもない方向へ暴走していくわ、程よいところで降りなきゃね、でも、どこで、どうブレーキを踏んだらいいの？　うっかり、どこかでもう踏みそこなってしまっているのかしら……。

そんな思いが妙の頭の中を巡っていた。

秀二が、出来上がったパスタを手に庭に出てくると、彼の方も今、気付いたばかりのように言った。

「あれ、日が陰っちゃったのかな、風が冷たすぎるよ」

慌てて、彼は部屋に戻り、妙のためにブランケットをとってきた。

そんな庭でブランケットにくるまるようにしてランチを始めた二人だったが、お互い、もう「下宿」の件には触れなかった。

「アキちゃん、そろそろだね」

「どうなるのかしらねえ」

「楽しみだな」

「あの子、お腹が大きくなるにつれて、どんどんしっかりしてきちゃったわねえ」

「家出してきて、ばあば、ばあばって甘えていたお嬢ちゃんだったよねえ」

「そうよ、あの子、妊娠しているのを内緒にしていたのよ」

「今や、誰よりも堂々としている」

「ほんとね、それに反比例してこちらは、だんだん気が弱くなって。不思議ねえ、若い子と暮らしていると、つい、知らず知らずに、頼りにしちゃうようになるのかしら」

「そうなんだ、妙さんでも」

「そう、私でも」

秀二と再会し、一人暮らしをしていたころは、もっぱら、二人で美術館に行ったり、映画を観たり、お出掛け三昧の日々だった。話題もお互いに好きな美術の話や、小説の話などで盛り上がった。時には時事問題で議論したりさえしていた。夫との間では、考えられない日々だった。新鮮で、刺激的だった。

ところが、家族が絡んできてからは、秀二も妙も、たちまち家族騒動に巻き込まれ、今では、なんだか何十年も一緒に子どもを育ててきた老夫婦みたいな会話をしている。なにやってるのかしら、私たち。そう思って、枯葉色になった庭をしみじみ見渡した妙が、不意に声を上げた。

「あら、あんなところにカヤがあった？　立ち枯れした穂が残っているわ。びっくり」

秀二が言った。

「ああ、すっかり忘れていた。去年の秋、散歩していたら、妙さんが、庭にススキがあったら、お月見が素敵になるって言うからさ、僕が少々、植えといたんですよ。今年は、お月見やりそこなったなあ」

「ほんとねえ。残念だったわ。そういえば、秀二さんは、この庭にハーブを植えたいとも言っていたわねえ。そうよ、誠司が来ちゃったせいで、その計画が立ち消えになっちゃったのよ。半年ぐらい前のことなのに、なんだか、お互い晩年の人生が一変しちゃって」

秀二と妙は、思わず顔を見合わせた。

「思えば、とんだことになっちゃって」

「昔は、よかった？」

「そうねえ、なんだか一年前が懐かしいわ」

それから、さすがに冷え込んできたので、二人で部屋に戻って、並んでキッチンに立ち、ランチの片付けを終えたが、アキが帰ってこなかった。

「あの子、どうしたのかしら？」

妙がリビングの時計を見上げて言うと、秀二が、あっ、と声を上げた。

「失敬、失敬。アキちゃんは、今日、友達に会ってくるそうで、妙さんに伝えてと携帯に連絡が来ていたんだ。パスタを作っていた時だったもので忘れていた。それから、誠司君からは、これを手渡してくれって預かってきていたんだった。今日は、僕はどうかしているな」

秀二が慌ててカバンの中を探して、一通の封筒を申し訳なさそうに仰々しく妙に渡した。

「まあ、みんなして秀二さんをメッセンジャーボーイみたいに使っちゃってえ、ほんとすみません」

「いやいや、誠司君が、今度スマホを僕と妙さんにプレゼントしてくれるそうだよ。連絡が面倒だからとか言って、アキちゃんの講習付きだそうだ」

妙が苦笑しながら、受け取った封書を見ると、誠司の元妻の百合子の名前だった。

その名前を妙がまじまじと見詰めていると、「じゃあ、妙さん、僕はこれで」と言って、秀二が、にわかにドアの方へ向かっていった。

妙が、慌てて追っていくと、玄関ドアの前で一呼吸して、秀二が言った。

「下宿の件、やっぱり考えて。どうしても僕はそうしたいんだ、大家さん！」

棒立ちになった妙を、秀二が帰りしなにいきなり抱きしめた。

突然の出来事だった。

妙は、卒倒しそうになった。

そのままリビングに戻り、へなへなとソファに座り込んでしまった。

八十歳を過ぎつつある自分の身にいったいなにが起きたのだろうと、わけの分からない心境で動けなかった。やっぱり、私、どっかでブレーキを踏みそこなったんだわ、と妙は思った。

第九章　キミならどうする？ と言われても

悦子は、食卓に突っ伏して眠っていたようだった。

気が付くとキッチンの天窓からは、すでに朝の光が薄く差し込んできている。

壁の時計を見ると、朝の五時半だ。

さすがに、びっくりした。

「なんてことなの、私！」

悦子は、誰もいない場所で、思わず声を上げた。

思えば、キッチンは、彼女にとって一番寛ぐ場所だ。いわば、自分のプライベート空間のようなもの。なにかが起きて、頭の中が混乱した時は、食卓に頬杖をついて一人で考える。それがいつのまにか悦子の通常スタイルになっていたのだけれど、朝までそうしていたことはない。眠ってしまったこともない。一度も。

「人生で初めてよ、こんなこと」

彼女は、「う〜ん」とわざと呻いて、「もう、分かんない！」といきなり叫び、髪をかきむしってぐちゃぐちゃにして立ち上がってみた。すると、足がしびれていてよろけた。

椅子から立ち上がれない。

「なに、これ」

悦子は、またもや途方に暮れた思いで、そのまま椅子に座り込んだ。

この途方に暮れている感じは、前日の夜から始まっていた。

まず、二十七歳のフリーター息子のテツヤが、珍しく早めに帰宅して悦子と夕食を共にした、と思ったら、「シェフの腕を極めるため、イタリアに留学したいんだけど、母さん、どう思う？」と神妙な顔で相談してきたのだ。

「母さんがどうかというよりは、それって、あなたの本気次第じゃないの？」

と、まずは正論を吐いてはみたが、正直言って、胸を打たれた。感動していた。もしも、本気なら、背中を押してやりたい、と思ったが、ふと、お金のことが頭をかすめた。

「留学って、どんだけかかるのかしら？」と。

いけない、いけない、ここでお金のことなんか、考えちゃ駄目よね、とすかさず打ち消して、「ま、ゆっくり考えたら？　留学っていっても、どこかのお店で修業をするってことよね。すぐに決められることではなさそうね」

それを聞いて、テツヤは嬉しそうだった。

頭ごなしに反対されなかったので、まずは一段階クリア、ということに違いない。

次に夫の健。

悦子の家に居候中だった誠司が、二週間前から秀二のレストランを事務所にすると言って出ていったのだが、以来、健も手伝いと称して、連日のようにそこに出掛け、帰ってくるのは深夜という日が続いていた。

それが、久しぶりに早めに帰宅してきたと思ったら、ソファに横になってテレビを見ていた悦子に、いきなり声を掛けてきたのだ。

「コーヒーでも飲むか？」

「淹れてくれればね」

健が珍しく、素直にキッチンでコーヒーを淹れながら言った。

「誠司君ね、まだお母さんのところに帰らないで、秀じいの家に居候しているんだってさ」

それに対し「へえ～っ、なんのつもりかしら。あの子、昔から、なに考えているのか全然、分かんない」と悦子が切って捨てるように言うと、「その誠司君のことなんだけどさ」と、健が話を切り出したのだ。

妙に神妙な口ぶりだった。

「実はね、彼が起業するにあたって、一緒にやらないか、ってね、本気で誘われてね。ま、僕もまだ六十代だしさ、このままなにもしないでいるわけにはいかないし。まずは、キミの意見を聞きたいと思ってね。キミならどうする?」

彼のいつにない真剣な話しぶり、妻の自分に対する真摯で謙虚な態度。そもそも、キミと呼ばれて、悦子はすっかり動揺してしまった。

いつものように、「ちょっと、いい加減にしてよ。思いつきでそういうこと言わないで」と、軽く応じることができなかった。

しかも、夫がさらに続けたのだ。

「キミもさ、自分の老後の計画っていうか、これから自由にやりたいことがあると思うからさ、それを今度、こっちもじっくり聞きたいと思っているんだ」

それは、思いもかけない夫の提案だった。

悦子はさらに動揺した。いや、困惑した。

自分のやりたいことといっても、アキとか、テツヤとかが今後、どうなるか、まだ見えない状況だ。老後はこうしたい、ああしたい、という夢のイメージはあるものの、それを現実のものにすることまでは、もしかしたら考えていないかなあ、というのが正直なところだった。

そんなことを思いながら、その夜、眠れないまま、一人、キッチンで考え込んでいたら、とどめを刺すように、母の妙から電話が来た。

しかも深夜。十二時過ぎというあり得ない時間だった。

あの気丈な母親も、眠れないほどのいたたまれない気持ちで、そんな時間に電話してきたらしく、おまけに電話口で泣いていたのだ。

そのことだけで、すでに衝撃だった。

聞けば、弟の誠司の元妻の百合子から、自分たちの離婚に関しての謝罪の手紙が届いたのだと言う。

手紙の中には、誠司と離婚に至ったのは、百合子の両親が、彼に同居を迫るなどしてきたことが理由で、それに対し一人娘の自分が毅然として立ち向かえないで言いなりになったことが原因だ、と綴られていたという。

「誠司さんには、もう自由に自分のやりたいことに邁進させてあげたい、その思いだけで離婚した。彼には感謝している。行き届かない嫁で申し訳なかった」と書かれていたそうだ。

それで、母親の妙が泣きながら、悦子に聞いたのだ。

「ねえ、ねえ、姑の私がよ、こんな手紙をもらっちゃって、どうしたらいいのかしら？　百合子さん、本音では離婚を望んでいないってことなのよね。悦子なら、どうする？　ううん、どうしてほしい？」と。

次々と、自分に向かってきたこの夜に起きた想定外の出来事に、悦子は対応不能に陥っていた。そもそも、誰もがなんで急に自分に聞いたりするのだろう。「どう思う？」「こういう場合キミならどうする？」なんて。

これまで、家族の誰もが自分で思ったことを勝手に実行していた。悦子に相談もせずにやってのけるそのふるまいに、いつもてんてこ舞いさせられてきた。

悦子は、その度に怒りを爆発させてきた。

思えば、家族が自分の思い通りにいかない、そのことが悦子の人生の葛藤のすべてだったようにも思う。

ところが今回は違う。

意見を求めてくる。

しかも、それはそれぞれの人生にかかわることなので、簡単に答えが出せない。自分が、NOと言って断念させたら、一生、責任を問われそうなことばかり。

勝手に自分で決めて、押し通されちゃったことなら、もし失敗すれば、「ほら、みなさい、だから言ったじゃないの」と上から目線で言っていれば済む。

でも、自分の意見に素直に従われたりされたら……、責任が重くなる……。そもそも、自分に意見なるものが、果たしてあるのか……。そう問えば、なにやら心もとない。

悦子が途中で眠ってしまいはしたものの、一晩かけて必死で考え続けてしまったのは、そういうことだったのだ。

それが、朝の陽の光を浴びたとたんだった。ふと、気付いてしまった。

私って、結局、からっぽなんだわ、と。

そう、意見なんかない。格別な考えもない。私ってからっぽ。そのことを確信した瞬間だった。

だからなのね、だから、私なめられていたってことよね、見透かされていたんだわ。たとえ反対したとしても、それを説得できるような考えというか信念を、私はもともと持ち合わせていなかったということなのよ。

そこまで考えて、でも、ちょっと待って。なんか、怪しい、とも悦子は思い始めた。なにしろ、急に「好き勝手」路線から、「どう思う?」路線に変更されたのだ。そうだわ、これって、要するに、お金のからんだ話だから? 留学とか、起業とか、なんかとんでもないわよねえ。少なくとも、母の妙以外の二人には邪心があるに違いない、と悦子は思った。

ところが、悦子はそのことに気付いて、なんだかほっとしてしまった。ならば、自分があえて答えを出す必要などないわけで、しばらくは、ずるずると考えているふりをして引き延ばしていればいい。そうすれば、また、戦略を変えてくるに違いない、と思った。

物事というものは、途中で安易に放棄しないで、徹底的に考え続けていると、思いがけない真実にたどりついていくものなのね。悦子はそう、実感した。

感情に流されてカッカしていると、相手の思うツボにはまるだけ。考えが足りない、と夫に言われる度に、ムッとしていたけれど、本当に私には、考えが足りなかったのかも……。

悦子は自分で感心するほど、自分にも素直になっていた。

ただ、いちばん気になるのは、最近の母の妙の微妙な変化だ。なにやら自信を失っているような気がする。盤石だった心のバランスが崩れている気がする。八十歳という年齢のせいだろうか。足腰が弱くなるとか、記憶力が衰えるとかが出てくると、これまでしっかりしていた人ほど、自分へのダメージが大きいのかもしれない。

自分のように常に考えがふらふらしているタイプは、むしろ歳をとっても、「ま、私なんて、こんなものね」で済ませられるから、案外、強いのかもしれない。

そんなことを思いながら、悦子が朝のコーヒーでも飲もう、とキッチンに立っていると、突然、夫の健が階段を駆け下りてきて、「悦子！」と叫んだ。

妻がのどかな顔でキッチンに立っているのを見て、彼はたちまち拍子抜けした表情になった。

「なんだ、いるんだ。覗いたら、寝室に悦子の寝た形跡がないから、どうかしちゃったのかと思ったよ」

悦子は思わずニヤリとした。ということは、いつも朝起きたら、私の寝室を覗いていたってこと？　と。

悦子は、余裕な気分で答えた。

「だからあ、ゆうべから、あなたが言ったこと、ずーっと考えていたのよ。朝までここにいて、ずーっと考えていて、一睡もしなかったのよ」

「ほんとかよう、ちょっと信じがたいな」

健が気弱につぶやいたが、悦子はちょっと夫に対して優位に立った気分がした。なんだかすごく心地よかった。


朝食を終えると、夫が神妙な口調で言った。

「ちょっとさ、今日、僕らの事務所、見に来ない？」

僕らの事務所ですって、ほらね、「キミ、どう思う？」なんて聞いてたくせに、すでに、自分で決めているじゃないの、そう思ったが反論する気力は起きなかった。

「事務所？　事務所ったって、秀二さんのレストランの片隅なんでしょう？　今さらそんなの私が見たってしょうがないじゃないの」

「そうなんだけどさ、いろいろな資料とかあってさ、結構、面白いから」

「なにが面白いのよ。私が面白いわけがないじゃない」

悦子は、そもそも、定年後の男って趣味みたいにして、起業だなんだで遊びたいだけよね、と思っているわけで、その趣味に大きいお金を出すことになるのは、ちょっとなあ、と思っている。彼らの起業の中身そのものには、まったく関心がなかったのだ。

それでも、いつもの家事を終えた昼近くに、重い腰を上げて出掛けることにしたのは、一晩かけて「からっぽ」を自覚したばかりの悦子には、夫のいつにない強引さに抵抗できるほどのパワーがなかったからにすぎない。

それに、夫婦揃って出掛けるなんて、めったにないことだったので、ちょっとウキウキもした。たまには外出をしないと、テレビの通販の宣伝文句にあおられて、うっかり購入しちゃったコートを着る機会もないまま、季節が過ぎていきそうでもあったから。

驚いたのは、その新しいグリーンのコートに、なんと、夫の健が気が付いたことだった。

外出の用意をして、階下に降りていくと、待ち構えていた彼が言った。

「いいじゃないか、そのコート」

「ずいぶん前に買ったのだけど、あれ？　見てなかったっけ？」

「悦子がこんな明るい色のを着ているのを初めて見たよ」

「それだけ、長いこと私たちは一緒に出掛けなかった、ということよねえ」

悦子は適当にでたらめを言いながらも、夫に「いいじゃないか」と言われて、悪い気はしなかった。

なんだか夫が変わった、と思った。

やはり、義弟の誠司と百合子夫婦の熟年離婚が、それなりに影響を与えているのかもしれないと思った。

途中、悦子がごねるように言った。

「やっぱり、あなたたちの事務所よりも、私は実家の母のところに行くべきなんじゃないのかなあ。母さんがね、百合子さんと誠司のことでは、すごく心痛めているみたいだったし、夜中に電話があったのよ」

「だけど、誠司夫婦は五十も過ぎた二人なんだぜ。周りがどうこう言ったって、しょうがないことさ。なんなら八十過ぎて、また結婚し直せばいいんだからさ」

「八十過ぎて？　なに、それ」

「それもいいんじゃないのか。子育てとか介護とか仕事とか、人生の面倒なことが全部終わってからさ、やり直せば。お義母さんと秀二さんを見ろよ。二人はいいよ、一緒にいると心が洗われるよ。とくに、秀じいの純情が泣けるよな。お義母さんのことは彼に任せておくのが一番さ。アキもなあ、これからどうなるか分からないぞ。あのヨシオ君ともちょくちょく、会ってるみたいだし」

「ええっ、まさか」

「そのまさかが起こるのが人生だ、決めるのはアキだ。テツヤもイタリアへ本気で行くつもりらしいし。一年、必死でバイトをやって、旅費をためるらしいよ」

「そ、そんなこと言っているの。なんかエライじゃないの」

「そのぐらいの覚悟がなきゃ、行く意味なんかないだろう」

「そうねえ」

「やけに、素直じゃないか」

「まあねえ、私もね、憑《つ》きものが落ちたっていうか、開き直ったというか……」

この久しぶりの夫婦でのお出掛けは、妙に会話も弾み、なにやら画期的だった。


秀二のレストランに着き、ドアの鈴を鳴らして、レストランに入っていくと、いきなりカウンターの中にいる息子のテツヤの姿が目に飛び込んできた。

彼は、悦子を見ると、「ヤッ」と、照れたように手を上げてみせた。厨房で料理を作っているようだった。

悦子が「なんで、あんたがここにいるのよ」と言いかけると、テツヤが慌てたように自分から言った。

「バイトは、午後からのシフト、四時からなんだよ。その前に、この厨房で自主練中ってわけ！ 母さんのランチもあるよ。父さんから、一人追加の連絡あったから。いい機会だから、食べてもらいたいんだ」

「そ、そうなの……。それはどうも……」

悦子がくらくらする思いで目を移すと、弟の誠司が食卓に置いたノートパソコンの前でせっせと仕事をしていた。そちらの方も「やあ」と片手を上げてみせた。あのいつも不機嫌そうだった、なにか言えば、すぐつっかかってきそうだった誠司は、もうどこにもいなかった。

誠司が朗らかな声を上げた。

「テツヤ君、お母さん来たし、メシにするか？」

「へーい」

テツヤが答えた。

なにこれ？　と悦子は思った。男たちでみんなでつるんで和気あいあい、いやに調子がいい。悦子は、自分一人だけが場違いなところにいるのを感じて、なんだか憮然《ぶぜん》としてそこに立っていた。

夫の健が、慌てたように言った。

「ああ、待って、待って、メシは後。まずさ、悦子に仕事の中身を説明しないと」

弟の誠司が、きょとんとした。

「あれ？　まだ姉さんに言ってもいないの？」

「言ってない、言ってない。今から、今から」

健は、急いで奥からパソコンを持ってきて立ち上げると、「さ、座って、座って」と悦子の肩を押した。

パソコンの画面には、「自立を支えるハイテク介護機器レストラン」、そんなタイトルが立ち上がっていた。

「レストラン？　なに、これ」

「うん、そんな感じでいこうかって、思っているのさ。テツヤのアドバイスだ。新しい、おしゃれな感じがしないか？」

テツヤのアドバイス？　って、いつのまに男三人で盛り上がっちゃってるわけね、とさらに憮然とする悦子を無理に座らせると、健が有無を言わせぬ勢いで説明を始めた。

「僕らの会社は、なにをする会社かというと、今、急速に開発が進んでいるいろんな介護機器、車椅子とか、電動ベッドとか、自動シャワールームとか、家庭で使う小さなものから大きなものまで取り扱う。情報収集、発信、普及、開発、ニーズ調査、研究支援、マッチング……、なんでもやる。誠司君はエンジニア、僕は営業。二人でタッグを組んで必要なものを必要な人に届ける仕事をするんだ」

健の操作で、画面にはいろんなものが登場した。

「これはね、足漕ぎのアシスト付き車椅子。すごく軽い。使っているだけでリハビリになる。こういうのをやっているのって、小さな開発チームが多いんだ。だから、それを応援していく。ほら、老々介護とか、認々介護とか言われる時代だから、軽くて、高齢者でも押せるアシスト付き車椅子、悦子も将来そういうの欲しいだろう？今ね、自宅で最後まで一人暮らしを続けたいと思っている人が多いから、普及すれば、安くて便利なものがどんどん作られるようになるわけで……」

弟の誠司と夫の健が始めるという仕事の中身を知って、悦子は驚いた。いくらでも続きそうな勢いで、健が喋りまくるのを黙って聞きながら、さらに目が点になっていった。

なんだか、もうぐうの音も出ない気分に襲われた。

「すごいのね。本気なのね」

悦子は、大きく息をついた。

「じゃあ、悦子はいいと思うんだね？　だね？」

「からっぽ」を自覚してしまった悦子は、念を押される度にうなずくしかなかった。

彼らには志があった。自分にはなかった。

そんな悦子の様子を見届けると、健がとんでもなく機嫌のよい声を上げた。

「おお、じゃあ、みんな、メシにするぞー」

テツヤが元気よく答えた。

「へーい」


悦子は、誠司と健の立ち上げた事務所で、彼らの生気を取り戻した様子に触れて以来、ただただ、家の片付けと掃除にとりつかれるようになってしまった。

思えば、娘のアキが、ヨシオと結婚して家を出ていってから、悦子はなにごとにもなげやりになって暮らしていた。そんな自分にやっと気付いたのだ。

家事も片付けもやる気がせず、適当に目に入るところだけを取り繕《つくろ》って何年も過ごしていた。家は、自分の自由になる重要なテリトリー、いや、自分の居場所はここしかない、そう思ったとたんに、どこもかしこもが気になって仕方なくなった。

まず、家をきれいに整えなくては、自分の仕切り直しができない、そう感じたのだ。

そもそも、「寝室を別にします！」と宣言をして、娘の出ていった部屋に自分が潜り込んだのも、アキの味方をした夫への腹いせにすぎなかった。これからのライフスタイルをこうしたい、ああしたいというきちんとした考えがあったわけではなかった。

自分のやったことといったら、強引に獲得したその一人寝室に、夜、ワイングラスを持ち込んで、親友の智子に電話で愚痴を垂れ流し続けていたことだけだった。

今となれば、智子のおかげであの危機を乗り越えたと言えばそうなのだが、結局は、愚痴り続けて、智子から切られたのだ。

バッサリ。悦子は、わざとらしくベッドに倒れ伏した。

そんな自分がおかしくなって、一人で笑い転げたりもしてみたが、余計むなしくなってしまった。

ただ、片付けとか掃除とかをやり始めると、悦子は徹底的にやらねば気のおさまらないタイプでもあった。

おかげで今や、キッチンとか、お風呂とか、玄関の共有スペースは、完璧な美しさを保っている。部屋中のカーテンも洗濯をして、どの部屋も見違えるように明るくなった。

やる気になったら、ほんの数日であっというまにやってしまった。

それで、ついに自分の寝室の片付けに取り掛かったのだが、そこはとりわけ悲惨な状態だった。

タンスの引き出しなどには、アキの置いていったものと自分のものとがごちゃごちゃになって入っている。部屋の隅に衣装箱を積み重ねて、いろんなものが見えないように布で覆っているという娘のずさんな片付けのやり方を踏襲《とうしゅう》してもいた。

家にいる時は、どうせ誰にも見られないんだから、と娘の古いTシャツを平気で着ているけれど、そういうことのせいで、自分の内側が埋まらない。だから、からっぽのしょうもない女になっちゃったのかなあ、と思いつつ片付けを頑張っていたが、ついに悦子は、その手を止めて、再度、自分で自分に聞いてみた。

「それで、あなた、考えないふりをしているけれど、実は、あの日のことにショック受けているでしょう?」と。

「うん」

悦子は、自分に向かって小さくうなずいた。

あの日のことは、考えまい、考えまい、私には関係ない、と思いつつも、悦子は、寝室の片付けに励みながらも、あの夫たちのレストラン事務所で、一人だけぽつんと取り残されたようだった思いをぬぐえないままでいた。しょうもない息子と思っていたテツヤのランチ、あの味も、想像を超えていた。

今、誰もかれもが、ほんの一年前には考えられなかったような新しい選択をして、旅立っていこうとしていた。

ああ、アキもテツヤも。誠司も健までも。それに母さんも、秀二さんも……。私だけにはなんにもない。

そう思う悦子は、しゃにむに片付けに集中するしかなかったのだ。

ベッドを窓の脇に移して、寝ながら星や月が見えるようにしようと思った。

前々から計画していたのに、そんなささやかなことも、ただ思うだけで、実行に移さなかった。まずはそれからよね。悦子は一人で頑張ってベッドを動かした。いつもなら、力仕事は夫の健にヤイヤイ言ってやらせるのだが、なぜか今回はその気は起きなかった。

自分でやってみたら、ものの五分とかからなかった。

たいしたことではなかった。

ちょっと頑張ればできることなのに、私ってヤツは、いつのまにかとことん怠惰《たいだ》になって暮らしていたのよねえ、と悦子は思った。

なんだか自虐的な気分になり、ベッドの横のサイドテーブルに置いた電話の子機をしばし眺めていたら、ますますそんな自分が嫌になって、「もう、こんなのはいらない」とコンセントを強引に引き抜こうとした。

その時だった。

サイドテーブルの裏にメモが一枚、ほこりにまみれて落ちているのを見つけた。

拾い上げると、「伊豆ハピネスリゾートマンション」と書いてあった。

「あっ、智子のマンション！」

思わず声を上げ、悦子はそのまま、へなへなと床に座り込んでしまった。

「私、聞いてちゃんとメモしてあったんだ……、ちゃんと……」

悦子は、身じろぎもせずにそのメモをいつまでも見詰め続けた。

第十章　人生は想定外だから……

悦子がその日、伊豆高原駅に着いたのは、正午前だった。

夫の健がインターネットで地図を調べて書いてくれたメモには、智子のマンションまでは、タクシーで十分程度とある。

一瞬、お昼をどこかで済ませてから……、との思いがかすめたが、ためらっていると、土壇場《どたんば》で勇気を失いそうだった。

自分を奮い立たせて、通りに出て乗り場を見つけると、悦子はコートの裾を翻して走り、素早くタクシーに乗り込んだ。

これでもう逃げ出せない。悦子は動悸を鎮《しず》めるように大きく息をついて告げた。

「伊豆ハピネスリゾートマンションに行ってください！」

智子のマンションは高原の高台にあった。

自動ドアの立派な玄関を一歩入ると、そこは広々としたエントランスで、受付のカウンターがあった。豪華なソファなども置かれていて、全体がまるで高級ホテルのようなしつらえになっていた。

これはなに？　すごすぎ、と悦子はいささか動揺したものの、それ以上は考えずに、ひるまずカウンターに向かっていった。

「あの～、五〇二に河合《かわい》智子さんという方が……」

「はい、はい。河合様ですね、そこのエレベーターから上がってください。五階ですよ～」

応対がのんびりとしていて、用件も聞かないことにあっけにとられた。

しかも、智子はメモ通りの部屋に、今もちゃんと住んでいるようだった。

再び動悸が激しくなった。その胸を抱え込むようにして、悦子はエレベーターで五階へ行き、廊下の案内に従って五〇二号室の部屋の前に立った。

余計なことは考えない。ただ、智子がいるのかどうか、それだけを確かめる。それでいい。確かめたら、帰る。悦子はそう自分に言い聞かせた。

ドアの横にチャイムがあった。

ためらわない、ためらわない。再び、そう自分に言い聞かせて思い切ってチャイムを鳴らすと、しばし間があって、ゆっくり鍵の開く音がした。

ドアが開いた。

そこに智子が立っていた。

彼女は銀鼠色《ぎんねずいろ》のシルク地のガウンのような部屋着をはおり、ちょっとやつれた風情で、そこにいた。

智子が先に息を呑むような声を上げた。

「悦子！」

それから、「来たんだ……」と、か細い声で付け加えた。

「うん、来たの、来たの。私ね、来ちゃったの」

悦子は、智子の態度にほっとして、たちまち泣き声になった。

「入ってよ」

「いいの？」

「いいよ」

智子はそう言いながら、寝起きのままらしいぼさぼさ髪を撫でつけながら、先に立った。

ドアの先には短い廊下があり、さらにドアがあった。それが透かし模様のある白いヨーロッパ風のしゃれたドアで、ああ、智子のセンスだなあ、と思わせた。

中は全体が広いワンルームになっていて、キッチンとリビングセットの置かれたスペースの奥には、ダブルベッドがでんとあった。ベッドメイキングもされていないままだったが、まるでインテリア雑誌の写真のごとく、部屋はすべてが美しくコーディネイトされていた。

「奥にお風呂。結構広いクローゼットもあるのよ」

「へーっ、なんかホテルのスイートルームって感じね。智子、すごい、素敵すぎよ」

お互いなんの弁明もしないまま、というよりなにもなかったように喋っていることにも気が付かないほど自然だった。

「この部屋の自慢はね、テラスなの。全部屋、オーシャンビューで、海に向かっているの。今日はそんな寒くないから、コートを着たままでテラスでお茶する？」

悦子が、「する、する」と声を上げると、智子は、先に立ってテラスの引き戸を開けた。

「うわ〜っ、すごい、海だあ〜」

テラスに一歩出たとたん、悦子は感嘆の声を上げた。

海と空の境目もつかない茫洋《ぼうよう》とした灰色の冬の海が、圧倒的な迫力で目の前に広がっていたのだ。

その海を臨む広いテラスには、白いガーデンチェアが置かれ、同じくたくさんの白く塗られた木製のプランターには、ハーブらしい草の葉がかろうじて残っていて、緑にあふれた美しい季節を想像させた。

「本当は春とか夏とかに、絶対、来てほしかったんだ。全体がすっかり冬景色になっちゃったから、今は寂しすぎて……。海ってね、こっちの気持ちや都合なんかにお構いなしに、毎日、変わるのよ。きらめいていたり、どよ〜んと淀んでいたり、霧に包まれていたり、怖いくらい荒々しかったり。この一年、毎日、毎日、一人でいやというほど海を見続けて、なんだか人生のなんたるかを思い知っちゃった感じ。私ね、馬鹿だから、窓を開ければ、いつも、そこに、グラビア写真みたいなきらめく海が見える、澄んだ青い空が見える、なんて勝手に思ってて。むしろそんな日なんて少ないんだなあ……」

智子は、まるで独り言みたいな口調で話すと、「ともかく、私は、お茶を淹れてくるね」と告げて、部屋に戻った。

悦子は目の前に広がる伊豆の荒れた海を眺めながら、ふっと、分かった気がした。智子はこの変幻自在な海が一番きらめく、誰もが浮き立つような季節の、そのかけがえのない一日だけを見せたかったんだ。ずっと働いてきた彼女がついに手に入れたこの暮らしぶりを、どうだ、って、一点の曇りもない形で私に見せたかったんだ。なのに、全然、見にも来ないから、キレちゃったんだ。

原因って、たわいもないことだったのかもしれない……。

そう思ったら、いきなり泣き出したい心境になったが、悦子はかろうじて堪えた。

「ねえ、お昼どうする？　ここね、レストランもあって、パスタとか、オムライスとかあるよ」

テラスにわざわざ顔を出して、智子が言った。

「へーっ、すごい」

なんか、私ったら、同じ台詞を、馬鹿みたいに繰り返している、と思ったが、悦子には、自分とかけ離れたこの暮らしに対し、「すごい」以外の適切な言葉が見つからなかった。

「あっ、そうだ、生ハムとかちょっとしたおつまみがあるから、ワインでも飲む？」

「いいねえ」

「だけど、やっぱり、寒いからお部屋にしようよ」

「いいよ、それでも」

「じゃあ、待って、すぐ準備するから」

悦子は、智子がなぜかどんどんかいがいしく、さらに屈託なくなっていく様子に少し面食らっていた。

智子って、こういうタイプだったっけ？　と。

リビングの椅子にようやく落ち着き、「久しぶり！」と言いつつ、ワイングラスを合わせた後、悦子は思った。

このままでいけそうではあるけれど……、いくらなんでも、半年以上も音信不通だったいきさつを語らないで帰るわけにはいかない。電話で愚痴を垂れ流しにしてきた自分の愚かさを今、ここで、きっちり謝らなければならない、と。

「智子、実は、寝室の片付けをしていて、メモを見つけたのね、私。いつもほら、酔っ払い加減で喋っていたもので、私、智子のマンションの名前をメモしていたのを忘れていて。智子のことが心配で、でも、住所とか分かんなくて……」

智子が、苦笑いしながら言った。

「うん、悦子、言ってたね。留守電に、どうしたの？　どうしたの？　って、しつこく。ほんとしつこい、悦子って。そっちに行きたいけど、住所聞いてないとか、電話して！　とか、言っていたよ。でも、ごめん。悦子のせいじゃないから。ごめん、ほんとごめん。私ね、パニック起こしちゃっていて。いつも、偉そうに分かったようなことを言っていたのにさ。気持ちを立て直すのにすごく時間がかかって。ストレスで、ウツにもなりかけちゃって。ようやく、今、なんとか……」

思いがけない話に、悦子はしばし言葉も出なかった。

「パニックって、な、なにがあったの？」

智子が、あっさりと言った。

「夫にね、裏切られたのよ」

啞然とする悦子の前で、智子が肩をすくめてみせた。以前の智子が、少しだけ戻ってきたような素振りだった。

「詳しく話しても意味がないんだけどね。なんかね、夫に裏切られたことよりも、それでパニックになった自分が、情けなくて、みっともなくて。だってさ、こういうことって、よくあることじゃない。巷《ちまた》にあふれているありきたりの話じゃない。なのに、ここまで、この私が、落ち込むの？　って感じで」

「でも、落ち込むでしょう、フツウ」

「そうかな、もともと私、彼のことなんか信じていたわけじゃないし。ただ娘ともうまくいってなくて、ダブルパンチでね」

悦子は、なにをどう理解していいのか混乱するばかりだった。かろうじて言った。

「だけど、気持ち、立て直したっていう智子はすごいね」

「半年もかかったのよ」

「フツウは、もっとかかるでしょう」

そう言いながら悦子は、とことん打ちのめされた気分だった。智子は、そんなことがあっても、それを自分には言ってもくれなかったんだ、と。立場が逆だったら、自分は、毎晩のように智子に愚痴っていたに違いない。

「私みたいなのはもろいんだよね。悦子の方が強いと思うよ」

「まさか」

「ううん、悦子は正直だから強い。私はずっとはったりで自分を守ってきただけの女だからさ」

智子は、悦子を見てようやく微笑んだ。

「来てくれて嬉しいよ。私ね、ここを一度、悦子に見せたかったんだ。売却する前にね」

「売却！」

悦子は素っ頓狂な声を上げてしまった。

購入したばかりのマンションを売却するって、どういうことなのか？　悦子は、あっけにとられたまま智子を見詰めていた。

智子は、こともなげに言った。

「実はね、私、ここを三千万円で買ったのよ。バブルの時には、一億円以上もしたって聞いて、なんか自暴自棄って感じで」

　自暴自棄と聞いて悦子はびっくりした。それがどういうことか、まるで想像もつかないまま、つぶやくように言った。

「そうなんだ……」

「悦子には、夫と相談して決めた老後のライフプランだ、なんてこと言ったかもしれない。でも、本当は誰にも相談もしないで、勝手に買ったのよ。会社を早期退職して出たお金と貯金とで、全部、自分のお金なの。もう、すっからかんよ」

「ええっ、そうなんだ……」

　悦子は、こういう話にどう反応をしていいものか見当もつかなかった。

「悦子、私には、今度のことは、一世一代の大バクチみたいなものだったのよ。早期退職ったって、いわばリストラだから」

「そ、そ、そうなんだ」

　智子は、ついに笑い出した。

「もう、そうなんだ、そうなんだ、って、それしか悦子には言うことがないの？」

「う〜ん、なんか、自分のお金でマンションを買うとか、リストラとか、私とはかけ離れすぎてて、分かんない。ごめん」

「ごめん、じゃなくて、そういうことじゃなくて。私が勝手にやったことなのに、悦子はさ、妻の考えになんでも賛成してくれるいいご主人ねえ、とか、うらやましいなあ、とか言っていたでしょう？　でも、そうじゃないのよ。勝手に買っちゃったけど夫は怒らなかっただけ。だけど、それが一番、面倒がないからなのよ。キミのお金をキミが使うのは自由だからとか言ってさ」

「キミ？　ご主人って、智子のことをキミって呼ぶの？」

「そうよ、最初は、智ちゃんとか、ママとか言ってたけど、ある時から、キミ……。ボクはキミとは、一線を画して向き合いますよ、って感じかな」

「そういうこと？」

「そういうことでしょう？」

悦子は、夫の健が、急に自分のことを、キミと呼んだことを思い出していた。それまでは、偉そうにお前とか言っていたくせに……。夫も自分と一線を画したいのか……。

そんなことを思いつつも、悦子は、頑張って自分の意見を口にしてみた。

「智子、でも、それ、正しいんじゃないの？　智子が稼いだお金なんだから、好きにしていいんじゃないの？」

「そうかなあ、夫婦ってそういうもん？　どっちが稼いだとか、そういうことを意識しないで暮らすから夫婦なんじゃないの？　なんでも好きにしろって言うのは、妻に関心がないってことでしょう。その分、自分の方も好きにやれるわけだし」

「そ、そういうことになるのかなあ」

「そういうことになるのよ。だって、彼からそう言われる度に、ここがね、むなしくなって、私、どんどん自暴自棄な気分になっていったもの……」

智子が、自分の胸に手を当てた。

そして、次第に涙声になっていった。

そんな智子の様子を、悦子はこれまで見たこともなかったので、すっかり動転してしまった。

「ちょっと待って。待って。智子は、いつだって、冷静で言うことが理論だっていて、私はね、私は、智子の言うことにはいつだって感心していて、すごく頼りにしていたわけで、自暴自棄なんて思ったこと、一度もないよ」

「ああ、違う、私は本当は小心者なの。だからはったりの理屈だけで、自分を守っていただけなの」

智子は堰《せき》を切ったようにとめどもなく喋り出した。

「笑われるかもしれないけど、頑張ったのに、結局、会社からも放り出されて、それで、どうだ、みたいに見栄張って、伊豆のマンション買って、週末は夫とここで一緒に暮らして、彼が釣りとかして、私もね、活きのいい地元の魚で料理をするとか、そういう絵に描いたような暮らしをね、したらいいかなとか思って。だけど、それを言ったら、夫はそれもいいねえとか、理想だねえ、とか口先では言いながら、全然、来もしなくて……、このマンションに、結局、夫は一度も来なくて」

聞いているうちに悦子は、たまらなくなった。

一度も来なかったのは、自分も同じことだったのだけれど、でも、智子が待っていたのは、夫だったのだ。そう思うと、なんだかとてつもなく切ない気持ちになっていった。

そこまで言うと、智子は、深々とため息をついて黙った。

悦子も、言葉が見つからずに黙った。

その二人の間をいたたまれなくなるような空気が流れていった。そんな中で、しばし言い淀んでいた智子が、いっきに吐き出した。

「その間、東京の彼の仕事場のマンションには、女が出入りしていたのよ。そのことを娘まで知っていて、知らんぷりしていたのよ。要するに私だけが、気が付かないでいて、笑っちゃうほど愚かっていうか、プライドもなにもめちゃくちゃになって、自分で自分にあきれるっていうか……」

なにごとにも動じないやり手のキャリアウーマンという智子のイメージが、悦子の目の前でほろほろと崩れていった。

「娘に言われたのよ。馬鹿みたいって。そう、カズミがね、嘲笑ったのよ。自分が創り上げた女性誌の特集みたいなライフストーリーなんか夢見て、裏切られて、自分の仕掛けた罠に自分ではまったんじゃないの、とか言うわけよ」

悦子は、智子の娘のカズミとは会ったことはなかった。が、それを聞いて、彼女の痛快なほどの辛辣な口ぶりは、まさに昔の智子にそっくりだ、と思った。

「つまり、自業自得だってわけよね。娘は完全に父親についちゃっていて、これは自分勝手でいつも自分だけが正しいみたいなことを言っていた、あなた自身のせいで起きた問題だ、って言うのよ。悦子どう思う？　ママでもお母さんでもなく、あなたって言われたんだから。悔しくって、腹が立って、だけど、カズミの言う通りなのよね。参りましたあ〜、ってことよね」

智子が、涙をぬぐった。

悦子は、思わず彼女の肩を抱いた。

「もう、大変だったのね、智子がこんな目に遭うなんて。でも、自業自得なんかじゃないよ。ずっと働きながら、カズミちゃんのことだってちゃんと育てて、私なんかまねのできない自立した女性として、やりぬいたんだから。私、知っているよ、そのこと、全部」

智子が、泣き笑いの顔を悦子に向けた。

悦子は、その顔に向けて確信を込めて言った。

「カズミちゃんも、自分が同じことを体験すれば、母親のあなたのことを理解するようになるわ」

それは、自分が娘のアキに言いたいことでもあった。私は、愚かだったかもしれない、未熟だったかもしれない。けれど、一生懸命悩みながら、心から愛して育てたんだから、と。今は聞く耳を持たないかもしれないけれど、いずれ分かる、自分が今やっと母親の気持ちが分かったように、今に、分かる、と。

智子が、自分のみっともなさも、なにもかもをさらけだして、ようやく憑きものが落ちた、という様子で言った。

「時間は戻せない、って言うけれど、時間を戻してみようかと思っているの」

「それで、ここを売却するってことにしたのね」

「そう、ここを売却して、東京に戻って、一年前に戻ってやり直そうかと思って」

「やり直すって、智子が？」

「そう、私らしくない？」

「全然、らしくない。即刻、離婚なんじゃないの？」

智子が笑った。

「だから、私は、本当は小心者だって言ったじゃない。口では正論を吐いたり、潔いことを言ったりするけど、いざとなるとこんなもんなのよ。思い切ったことできないんだってば」

う〜ん、悦子は呻いた。

あまりの想定外の展開だった。

なにか途方に暮れる思いで、智子の言うのを聞いていた。

「私ね、何か月も考えて、怒りでどうかなりそうになって、東京の家に戻って夫に向かってわめき散らしたのよ。それでへとへとになったら、この一年のことはなかったことにして、時間を巻き戻さないと、なにをする勇気も出てこない気がして。夫は、それでいいよ、なんでもいいよって」

「なんでもいいよ、って？　なに、それ？」

智子の気持ちも、彼女の夫の気持ちも、悦子の理解を超えていた。自分には考えられないと思った。夫婦の組み合わせは無限で、きっとそれぞれにまるで、本当にまるで違うのだ。

悦子の頭の中には、弟の誠司と百合子夫婦が浮かんだ。アキとヨシオ、さらにヨシオの両親……、他人の夫婦のことなど、実は誰の理解も超えているに違いなく、分かりようもないのだ。秀二と妙、彼らの間に流れているものも、いや、自分と健、その関係は本人自身にさえ分からない。こんなにも分かりようもないのだから、智子は智子で好きにすればいい、そう思うしかなかった。

「じゃあ、飲もう」

智子が言った。

「うん、飲もう」

悦子が答えた。

形のいいグラスにワインを注ぎ、音を立ててグラスを合わせると、二人はぐいとワインを飲み干した。

「ああ、来てよかった」

悦子が言うと、智子が応じた。

「ああ、来てもらって、よかった」


その時だった。

悦子の携帯が鳴った。

夫の健からだった。

慌てて携帯を耳に押し当てると、彼の慌てた声がした。

「悦子か！　悦子か！　お前さあ、なにやってるんだよ、大変だぞ。生まれちまったんだよ。アキの赤ん坊がさ。お前さ、なんでこういう時にいないんだ、ほんと間が悪すぎる。頼むよ、頼むよ、な、頼むよ」

「頼むって、どういうこと？　で、いつ生まれたのよ」

悦子も叫んでいた。

「午前中だ、何度電話してもママがいなかったってアキが怒ってたぞ。今、どこだ？」

「伊豆よ、あなたに言ってあったじゃないの。ちゃんと言ったのに、なんで聞いてないのよ。それにまだ、生まれないって、当分生まれないって、アキも言ってたじゃないの。あなたも慌てるな、落ち着いていろって。もう、みんないい加減なんだからあ。それに、私電車の中では、いつも携帯切っているのよ」

「なに言ってんだよ。なに考えてんだよ、なんて間が悪いんだ。電車だからって、こういう時に携帯切るか。お前さあ、頼むよ、頼むよ」

悦子は、ともかく、自分はまずいことをやってしまったんだ、と頭を抱える思いがした。確かに、肝心な時に、いるべき人がいない。母親の自分が娘の出産の場にいないなんて、これはペナルティだ、とんでもない失策《しっさく》だわ、と。

「それで、赤ん坊は？　アキは？」

「すこぶる元気だ、女の子だ。すでに生意気な顔をしている。ともかく……、いや、ま、いいか。そうだよな。もう生まれちまったんだからな。ゆっくり帰ってきていいぞ、大丈夫だ」

ようやく、落ち着きを見せた健の声を聞いて、いくらなんでも、大騒ぎしすぎじゃないの、とほっとして電話を切ると、どうしたことか、悦子は目の前にふっと光が差し込んできたような気がした。

さらに、世界中がまるでハレルヤ、ハレルヤと自分を寿いでいるような気持ちに見舞われた。赤ん坊を抱いている自分の姿までが目に浮かんできてしまって、とんでもない、これ駄目、これ駄目、と慌てて打ち消そうとしたが、なぜか、消えない。

智子が傍らで、「アキちゃん、生まれたんだ。悦子、大変だあ」と言って微笑んだ。悦子は、大きなため息をついて、夫の健がつぶやいたように、自分も、ま、いいか、と思った。

もう、これはこれでいい、と思えば、これでもいい。どんなにじたばたしても、結局、こういう感じに私は落ち着いてしまう、それが私なのだ。私は私を超えられない、そう思った。

アキが、「子どもを産んで、やだあ、ママに親孝行なんかしちゃったあ」などと言って、ちゃっかり家に帰ってきたとしても、私はなんだかんだと文句を言いながらも、結局はせっせと孫の世話に励んじゃったりするんだろうなあ、うっかりのめり込んじゃったりするんだろうなあ、と悦子は、確信を込めてそう思ったのだった。

これはこれで、すべて世はこともなし。

人生は、どうせ放っておいても、自分の想定外な方向へとずんずん展開していってしまうのだ。

大事なのは、たじろがないこと。もうそれだけよねえ。

悦子は、智子のマンションの引き戸を勝手に開けて、ベランダに飛び出た。

そして、どこからか聞こえてくるような気のするハレルヤの声に呼応するように、空とも海とも見分けがたい茫々《ぼうぼう》たる冬の海に向かって、大きく手を振った。

私はここにいるわよ〜、と告げるように。

急に風が立ち、髪もスカーフも翻った。

気が付くと、智子も横に並んで立ち、同じように予測不能の偉大なる冬の海に向かって、懸命に手を振っていた。

解説

池上冬樹

まずは、久田恵の最新作『ここが終《つい》の住処《すみか》かもね』（潮出版社）から始めよう。

帯に「憧れのシニアライフ!?　いまどきアクティブシニアの本音《リアル》とは？」とあるように、主人公は七十一歳のカヤノ。シングルマザーとして娘と息子を育て、なおかつ母親の介護もつとめたカヤノは、都会から風光明媚な丘陵地の「サ高住」（サービス付き高齢者向け住宅）に移住してきて、お一人様の気ままな生活を謳歌するつもりでいたが、一癖も二癖もある住人たちの相談に応じたり、娘や息子が勝手なことをしたりと予期しないことばかりが続く。一方で、謎めいた高齢男性にときめいたり、孫のようなかわいい女の子と知り合って心弾ませたり、カヤノの生活に彩りを与える出来事もあったりで、気持ちはアップダウンする。

七十一歳のシニアの話はどうしても暗くなるし、読んでいて辛くなるものなのに、そんな辛さはぜんぜんない。いま紹介したようにトラブルが連続してうまくいかない話ばかりなのに、意外と明るくて、不思議なことになかなか愉しいのである。気持ち良いくらいにカヤノの本音が飛び出すからでもある。それで笑ったり、怒ったり、ニヤニヤしながら読んでしまうのだが、しかし大事なのは、カヤノの視点で語られていても、カヤノの見方が絶対ではなく、むしろしばしばカヤノは周囲の者たちから批判されることだろう。

とくに厳しいのは、長年の友人で、編集プロダクションの仕事をしているユキだ。「あなたの選択してきた人生を見ると、離婚してシングルマザーになったり、転職したりして、一見、決断力があり、潔い人ねえ、と思われがちよね。でも、私から言わせると、最初の思い込みだけで、衝動的に向かい風に向かって突っ走るヤツ、ってことなのよ」といい、カヤノには「ファーストインプレッション症候群」があると断定する。この小説が面白いのは、ひとつの見方で固定せずに、たえず他者の視点でチェックされ、新たな見方を提示していくことだろう。

カヤノが、「紆余曲折の人生を経験したせいか、自分の人に対する評価が常識とズレているらしいことに、とうに気がついているし、しかもその評価もころころ変わる、ということにも気づいている」といえば、ユキは「あんたにかかっちゃ、みんないい人になる。どんなとんでもない人も、ああ、あの人、いい人よ、で済ませちゃってる。けど、いい人だったためしがない。それって人に対する怠惰とも言える」という。要するに、「人に対する怠惰」な見方をするなということだが、こういうさりげない気づきや発見が、あちこちあるから、ふんふんと前のめりに読んでいくことになるのだ。

娘は何を考えているのか、息子はどう生きたいのか、聞きたくても聞けないもどかしさもあって、一定の距離をおきつつも、カヤノの知らないところでそれぞれの脇筋がしっかりと動いて、それがカヤノにはねかえってきて、カヤノの人生の内容を少しずつ変えていくあたりの展開もいい。

もろちんテーマはシニアライフなので、老いにまつわる話も多いが、決して後ろ向きではなく、むしろ前向きである。「私ね、この頃思うのよ。老いていくってことは、一人になっていくことなんだな、って。家族がいようといまいと」というリアリストの視点を忘れないからだろう。「誰とも話さなくても、全然、寂しくはないの。そもそも寂しさを抱えて生きる、それが人生ですものね。私は年をとって、ようやく知ったの。追憶に生きる日々ってなんて豊かなんだろうって、それで十分に心が満たされるの。退屈もしないし、寂しくもない」という言葉が出てくるけれど、これが少しも浮ついたものではなく、むしろ実感のこもった箴言のように響くのは、生きることの充実をたえず考えているからだろう。他と比較せず、あくまでも自分が選んだ人生を、実りあるものとして捉え、残り少ない人生を悔いないものにしていこうとする強い姿勢が力強く描かれるからである。

それにしても久田恵の語りの巧《うま》さはどうだろう。あくまでも自然体で、たんたんと愉しげに語りながらも、意外な事実を伝える挿話を次々に繰り出してきて、人物たちがそれぞれ光りだしてくるのだが、実はこの辺の巧さは、もうすでに前作の本書『主婦悦子さんの予期せぬ日々』にもある。こちらはいちだんと賑々しい家族小説である。

五十九歳の主婦悦子には、悩みがつきなかった。今年の春六十五になる夫は定年退職なのに、二十七歳の息子テツヤは大学を出たものの就職をせずにバイト生活を送っているし、三年前、家族の反対を押し切って定職のない男と結婚した娘のアキは妊娠して家出したという。まさかシングルマザーの道を歩もうとしているのか？

久しぶりに八十歳の母親の妙が一人で住む実家に顔を出せば、名古屋に住んでいるはずの五十七歳の弟の誠司がいた。会社をリストラされ、離婚して実家に戻ってきたという。弟によれば、母親は老いらくの恋をしていて、付き合っている相手がしょっちゅう家に来ているという。夫が退職したら千葉の内房あたりで田舎暮らしという夢を抱き、夫にも告げていたのに、娘が策略家であることも知らず、娘に甘い夫は、生まれてくる孫の面倒をみる喜びににやけている。いったいみんな何を考えているの！

ひじょうに生き生きと描かれた家族小説だ。家族の話をこれほど楽しくうきうきと読ませる小説も久しぶりだ。ただ楽しくうきうきといっても、鬱憤《うっぷん》も怒りもあるし、喧嘩も衝突もある。でもそれが不思議と喜びとなって伝わってくるから嬉しくなる。

今回もニヤニヤ笑いがとまらない。まるでテレビのホームドラマを見ているような気分だ。テレビドラマにはないビターな味わい（不安・憂鬱《ゆううつ》・孤独）もあるけれど、これがアクセントとなり、絵空事にならずに、読者一人一人の身近な現実を想起させて、静かに感情移入させていく。

しかも驚くのは、作者が次々に出来事を用意して、読者の予想を超える展開をとげて、波瀾万丈であること。いやあ、うまいうまい。久田恵がこんなに見事なストーリーテラーだとは知らなかった。さきほど「まるでテレビのホームドラマを見ているような気分」と書いたが、こんなにエピソードを次々に用意して物語る巧さは、優れた脚本家であり、小説家でもあった向田邦子を思わせるほどだ。ただし向田邦子は厳しい現実を様々な角度から捉えて、ユーモアを交じえつつも人間の暗い衝動や懊悩をしかと剔出《てきしゅつ》したけれど、久田恵は逆に喜劇性を強調して明るい未来に目を向ける。人物たちの悩み苦しみをすべて受け入れ、それでも生きる価値があることを強く訴えているのがいい。文中の言葉を借りるなら、いつかハレルヤ！　と言祝《ことほ》ぎたくなる時がくることを教えてくれるのだ。

「人生は、どうせ放っておいても、自分の想定外な方向へとずんずん展開していってしまうのだ。／大事なのは、たじろがないこと。もうそれだけよねえ」という感懐が、何とも力強く響く。「私は私を超えられない」という否定しがたい事実はあるけれど、でもそこでたじろがずに生きていくことの大切さを、元気潑剌《はつらつ》に謳いあげている。

まさに心温まる小説である。素晴らしくいい小説だ。ぜひ読まれよ！

（いけがみ・ふゆき／文芸評論家）

本作品はフィクションです。実在の人物、団体等とは一切関係ありません。

本書は、二〇一七年九月に小社より刊行された単行本を加筆し、文庫化したものです。

初出は、月刊「パンプキン」二〇一五年一月号から二〇一七年三月号まで連載された「主婦・悦子の誤算」。

久田 恵（ひさだ・めぐみ）

1947年北海道生まれ。90年『フィリッピーナを愛した男たち』で、大宅壮一ノンフィクション賞を受賞。97年「息子の心、親知らず」で文藝春秋読者賞を受賞。執筆活動を続けながら、シングルマザーとして子育てをし、約20年にわたって両親を介護。ファンタスティックに生きる！ をテーマに「花げし舎」を主宰している。著書に『母のいる場所』『シクスティーズの日々』『今が人生でいちばんいいとき！』の他、小説『ここが終の住処かもね』など多数。

主婦 悦子さんの予期せぬ日々

潮文庫 ひ－1

2023年　6月5日　初版発行
2023年　10月25日　4刷発行

著　者　久田 恵
発行者　南 晋三
発行所　株式会社潮出版社
〒102-8110
東京都千代田区一番町6　一番町SQUARE
電　話　03-3230-0781（編集）
03-3230-0741（営業）
振替口座　00150-5-61090
印刷・製本　株式会社暁印刷
デザイン　多田和博

ISBN978-4-267-02391-0 C0193
